北方狩猎

魏市宁 著

陕西师範大學出版总社

新经典文化股份有限公司
www.readinglife.com
出　品

目录

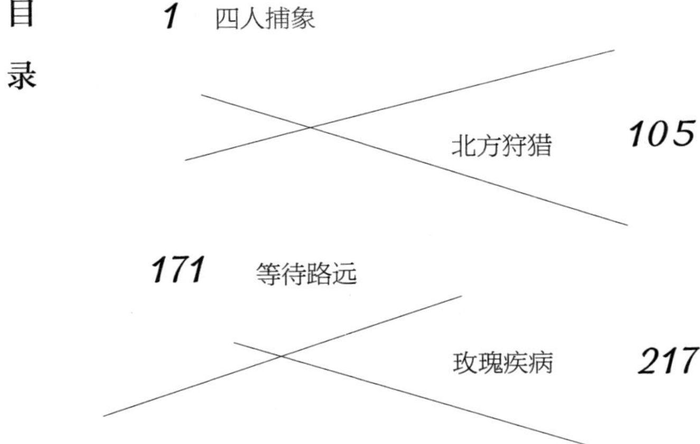

1 四人捕象
北方狩猎 105
171 等待路远
玫瑰疾病 217

四人捕象

夏日

分厂有四个，图书馆只有一个。

九三年建馆选址，四厂拆了自家车棚，又把邻近的操场割下一半，终于腾出一块宽敞的地界，这才剜肉似的把馆址争取过来。无非一栋存书的小楼，也不知争来何用，总之事事不能落后，争强好胜向来是四厂惯以自命的作风。事情定了，全厂热闹一回，两百多人露天而坐，长凳圆桌，耗尽十几席菜，马上又空虚了。随后就是无休止的堆砖砌瓦，兜满了建材的卡车来来往往，蹭掉了榆树皮，碾坏了红砖路，没轧死过人已然值得庆幸。敲敲打打一年多，那大象似的建筑就缓缓站立起来，有模有样矗在四厂，不肯走了。

玩具厂里建图书馆，听来新鲜里透露着荒唐，好似不能长久的样子。事实也确乎如此，开馆不久便摔了这破罐。问题出在管理不善上，进出的都算自己人，偷书的事渐渐习惯了，借了不还的也犯不着撕破脸皮，终于有人整车拉着盖有“四厂借阅”戳子的书到中学门口摆了摊论斤卖。这大象就似叫人掏了肚子，空站着发愣，大门带小门三张嘴都敞着，却再没咬进来几号人。

其实有它没它，四厂的日子都照常过，只是瞧见站在雨里挨淋的自行车，就有些怀念往日那排车棚子。日子挨到九六年，这大象冷不丁又火了一把。四月过半，两波人先后闯进四厂，朝着这小楼聚集。不少人鼻梁上都架着镜片，举着猪鼻子似的相机叫大厅里打川牌的四个老厂工先躲躲，随后就是一阵猛拍，晃着胳膊肘在硬皮小本子上写写画画。尽了兴也就先后离去，留下一个“要推倒这小楼”的谣言叫人惴惴不安、喜忧交织。

不过个把月，就传来了获奖的消息。

听闻拿的是个国家级的图书馆建筑奖。授奖词自然都是术语，玩具厂里几人能懂？大意是说这头砖瓦大象的设计有股生猛劲，完美融合了四种建筑风格，中西交融，过渡巧妙，有种浑然天成之奇美——这话经由几张嘴嚼过，就变成了“这小楼从各处瞧起来都不一样”的俗言，也算浅显有理。

于是再瞧起来，这遭嫌的小楼就增添了许多神秘和自信。证书发下来装裱一番，当天就上了展柜。省里市里都有表示，厂里总部也下达指令，赏赐似的把它修缮一遍，各屋吊上几翅风扇，粉了墙脸，再挂一面黑板，换了硬木桌椅——唯独没有再进新书，倒是增设了一道“国营象城市第一、二、三、四玩具厂历史文化长廊”，似有先装修一番，再伺机发挥其价值之意。果然没过整月，靠东门的几间就率先租赁出去，开了家付费电话亭，铝皮壳子的电话机绕墙挂了一圈，中间的空地摆了四张八仙桌，兼卖小食茶水。

王存就是在这里给果儿打的电话。单手罩着嘴，确保字字都进了话筒上那蚁穴似的小窟窿。地点约在了城北的红旗旅店。王存家住城南四厂家属院，城北不常去，地方陌生，也就没人认得自己。挂了电话出一手汗，求这闷热的天气快些下场雨，前后半月也没求来一片像样的云，王存就暗骂：本事这么大，那就热过四十度瞧瞧。

竟然灵了，没过几天，就见报纸上说印度那边热死了不少老头子。

当年结婚，仿佛只因冬天雪大，小辛帮他掖了几下围巾。两个月前碰到果儿，也是走了段闷热的夜路，偏是她给递来了一杯冰饮。那杯凉物通体泛蓝，杯沿上抹了盐巴粒，还骑着片柠檬，端手里一股鸡蛋腥。这号人和酒他都是第一回品尝，即刻就上了瘾。也是难怪，小辛身上没有的，果儿身上都有，而且大都生得放肆：细而长的脚脖子不满一握，光这一点就已摄尽王存心魄，更别提那舞狮子一般懒洋洋的眼睛，常有舌尖出没的唇齿，凹凸激烈的腰臀——尤其胸口的那粒青痣，每次把果儿翻倒在床，它就活泛起来，蝌蚪一般在慌乱中四下闪游。

往日都是王存订好了房间，在门口捌上半天，方能等到她那叫人心潮澎湃的身影突然出现。这次不同，果儿竟先到了，房间也已订好。从街口到床畔一路无话，坐下来肩头挨上肩头，手指探进她的指缝，也没了章鱼须子似的热烈回应。试着再次凑近，手还没挨上，果儿的膝盖就先躲了。以为她是例行娇嗔，等强行摸到腰间的手也被拽下、推回到规矩的位置，王存这才觉出反常。

正想问，就听声音从她鼻子下边跑出来："这次不行……"

"怎么了？"

"这次真不行，"决然说完又犹豫了，"也不是完全不行——这次可以让你摸一摸。"

说着把手背过去，掏进衬衫里，指头略动几下，前头紧绷的胸罩就松了，红艳艳一条从衬衫下摆扯出来，蛇一样带着体温盘卧在枕边。王存也不多话，秉着默契，上手帮她脱衣服。花格子的半袖衬衫褪下一半，剩下的三粒扣子说什么也不让解了。他恪守果儿定下的规则，收起多余的企图，只是把手伸进去，马上就摸到软绵绵一大片肉，杂拌着汗津津的一团湿热。

"看你在这儿忙活半天，像是在案板上揉面。"

果儿穿好衣服，指着自家胸口打趣两句。

“果儿”这名字一听就假。有一回在北街“醉今宵”灌下两杯莫吉托，她红了半边脸，已经把真名搁上舌尖，眼见就要说出唇来，王存又不敢听了，赶紧夹一筷子菜递过去，要保持住萍水相逢的最后一点疏离。一直都提防着，怕太熟，这次不让亲近了，马上又觉得陌生，才发现认识两个月又如何，自己压根不懂她。

猜不透了，陌生就像一面墙携着影子压过来。

都没了话，任凭钟表的秒针在墙上兜圈，咔嚓咔嚓的，听久了，脑子里无端上演军靴踩上砖地的场面。果儿突然发问了：“你送我回去？”

分明的一句问，竟能咂摸出命令的口吻，似乎容不得商量。

“又赶这个时间点？”

“不想送就直接说，别绕弯子。”

“没说不想送，跟上次一样，等我打个电话。”

摸上分机电话，号码熟烂在心里，却拨得极慢。

这通电话很有必要，果儿的房子租在城西，小辛的单位虎踞城中，从红旗旅店走过去，有段交叠的路无论如何也不能全部绕开。赶在下班时段，自要防着与她碰上。半月前，王存送过果儿一回，也是要走这段险路。那算一次酒后的即兴冒险，一路上都战战兢兢，直送到住处，心才不捶肋骨。那次果儿没让王存上楼，还记得她咯咯嗒嗒的脚步声逐渐消失在楼道里，随即是断断续续一片蝉鸣。小区里树没人高，蝉都栖进了砖缝里。十数年前在南郊的果园里挖蝉猴，同行的四舅告诉王存，树上开腔的蝉都发着情，是在求偶。从此每到酷暑，交叠错落的蝉鸣听进王存耳朵里，就自发翻译成了一声声不知羞耻的喊声。

电话才响一通就有人接，那头的人刚把小辛唤来，这边的果儿就把手指戳进王存腋窝里，还没开始挠，就被他一巴掌打落。

果儿抬起胳膊，看见腕子上西红柿似的一片红。

王存嗯罢几声，挂了电话，眉眼里还带着未消的怒："没事了，她加班，得忙到九点多，咱们走吧。"

"你先出去等着，这次我退房。"

从走廊到大厅，一路上都皱着眉，分明觉察到保洁跟前台都掩了嘴，不怀好意似的相互递送眼神。出门前对着梳妆镜简单确认过，扣子没扣错，脸上也没口红印，搞不懂是哪里出了丑。前脚跨出大门，后脚还没离地，就听到一声声交叠的笑，像钢丝球刮在心上。

果儿完事出来，没走几步也定在原地，朝着王存脐下一指，话里掺着放肆的笑：

"你就这么支棱着它，展览了一路？"

低头果然看到一小顶帐篷——怪不得一路上都感觉浑身紧绷绷的，胀得慌。王存哎哟一声，蹲地上不再动弹，等着它一点点消下去。

象城小地方，出租车尚未时兴，但逢聚餐喝酒，打车来的常被轮番取笑。

出了红旗旅店，果儿的笑还在收尾，王存起身招手，路对面一辆出租车调了头，走一道弧线停靠过来。王存拉开后车门，示意果儿上去。

果儿摇着头执意不进："地上走吧，不远。有事跟你说，车里不方便。"

"上次就说有事，结果一路没话。你到底——"

话到一半，被她尖锐的目光拦腰截断，跌回喉咙深处。

司机干瘦，穿着松垮的红背心，像一扇排骨摆在驾驶座上，攥着挡杆回头笑："你们说话我开车，放心，保证一个字都不偷听。"

果儿推开王存，把车门碰上，示意他走："保证一个字都不听？刚才那句就没跟你说，你瞎接什么？"

晓得她的决绝，车就开走了。

两个人沿着树荫走路，躲开熨斗似的散碎阳光，一前一后不忘拌嘴。果儿说自己血糖低，所有带篷顶的车一律不上，不然挨到下车，准要呕出一摊彩虹在地上。王存说你晕的不是车篷，是汽油味。果儿没有理他，最烦男人搞伪科普，装得跟个老师似的。王存又出主意：咱打个脚蹬的三轮车，没味，不晒。也撞不上熟人——果儿接他一句。王存挑了嘴角窘笑，突然摆手。手摆得迟，远处一辆三轮车似乎没瞧见，兀自折进一道胡同里。不过片刻，先是车屁股后是车头，那三轮又小心翼翼地从胡同里倒车出来。

果儿还有反对之意，尚未开口，又笑了：“哎——这不像你呀！”

“什么意思，什么叫不像我？”王存不懂。

“你这人向来不拿主意,都是顺着别人。今天这是怎么回事？”

王存皱了眉，似有极细的针尖绕过肋骨缝，猛地钉在心上，一丝隐痛散开。

“热，闷得慌，不想走路。”话接得没来由，声音也颓。

果儿就顺了他的意，不多强辩。

蹬三轮车的是个男孩，正值毛糙的年纪，车踩得紧，风风火火闯过来，急刹声掐人耳蜗深处。爽快谈定价格，就先后上了车。车篷有两道花格子布帘，穿在生锈的铁丝上，王存要拉上，果儿又执意拉开。他刚唰唰两声拉上，她又唰唰两声拽开，也算有来有往。只是越拉力道越蛮，铁锈直往下落，没几回合，就听那男孩在车头喊：

“你俩玩我车帘子干吗？”

两道帘子都开着，王存却不再企图拉上。这人就是这般，不喜不悲的，什么都憋着，做那事也是全程不吭不响，如具行淫的死尸，瘆人。果儿瞧他可怜，像个被欺负了的小孩似的，心一软就主动拉上王存那边的帘子，把他挡住，赐他安全。驰行的车篷挂着半边帘子，光线不够，朝里望就像一窟山洞，黑魆魆探不见底。果儿这个鲜亮的女人端坐着，亮得像尊瓷菩萨，弯着一边嘴角随车摇晃。

车到小辛单位附近，王存探了头朝外张望。

“瞧你那二百五的样！”果儿心想。到底没说出来，把话换成正事：“我就不该跟你好上——”从那通电话到红旗旅店，好几回都张不开嘴，如今该说的话总算起了个头。

“停这儿！”车过三松巷口站，王存猛地一声喊。

又是掐耳蜗的一声急刹，他跳下车去，跑到车头，掏出团成一团儿的五块纸票，展了展递过去。

“你拉她接着走，我先从这儿下了。”

“你发什么癔症？”果儿不懂了，拽开帘子冲着车头一声呵斥。

王存绕回来，把脸凑上去：“叫你先走！”莫名地就急了，四个字统统咬碎在牙关。

“神经病吧！”果儿拉了帘子。三轮载红着脸的她离开，像载着团火苗。闭合的两道帘子晃得愉快，王存想起装着新娘的花轿，太不合时宜。

耳朵回响着方才电话里的语气，起高回低的调子也都保存得新鲜完整，小辛那清清楚楚的两句话，王存没可能听错。断然说出要忙到九点，这才七点，她人却在街上。细看几眼又不对劲，小辛正跟个男人走得一前一后，互不相识的样子，嘴里分明又说着话。

看清了，走在前头的那人是许力，看清了就不懂了。

许力与自己可称多年老友，真是够老：都在八八年分配过来，前后脚不差一个月；在一厂干罢两年半，四厂挂了牌，两人一同调去，没几年都升了职。王存现是装配组长，许力已是车间主任，高王存三四级的样子。不单在玩具厂，许力万事都多走王存一步，分房早四年，结婚早两年……诸如此类，回想起来，一只只脚踩上头顶。好不容易跟上步伐，许力又宣布买了辆捷达，只是提车当口蹭上商铺门前的泡桐树，落下满地黄叶，只得返店回修。搁王存心里的那杆秤上，许力称不出真本事，全靠一根嗓管子连着两片嘴唇搬弄车间琐事，平平常常出匹货，能叫他说进功劳簿，不过旁门左道而已。两人聊得来，每周约一回饭，交替请客。这方式许力吃了大亏，他老婆在二中教初三物理，常住教师宿舍，约饭从来不去，王存却频繁带着小辛来蹭吃，等于两副肠胃。许力并不介意，只是口齿不净，饭桌上说话无德，时常打击王存取乐，不出三五句定要带刀带刺，说得王存一无是处，三十多年白活一场。为此，小辛朝许力脸上泼过凉水，泼过大麦茶，泼过啤酒，一泼下去，他仅收敛几天，下次依旧我行我素。

现在熟人扮路人，王存就觉得奇怪。

在三轮上瞧见他二人，脑子自发悉数各类可能。联想太多带出怒气，就跳下三轮，果儿也不送了，贼一般跟在后头。

两人穿透三条街，钻进那家“六块吃菜，十块吃肉”——一处深巷小馆。先后坐定，忽然变回熟人，对着菜单指指点点，利索要好东西。老板端来两碟小食，绿棒槌似的一瓶凉啤，又抽了两打烤串——韭菜、鸡翅中、羊眼、猪五花，大都是小辛偏爱的东西，撮成一折肉扇子，摆烤炉上未满一分钟，老远就听到油星子跳着响。说几句话，各自喝了两杯啤酒消暑，肉就烤好了，带铁盘端上来。刚啃几串，似乎吵了起来，小辛拍了桌子要起，许力按她肩膀，便又乖乖坐了回去。她再吵几句，活虾似的一阵抽动，就哭了起来，分不清是有事，还是给辣得。王存也在这家餐馆吃过一回，知道有一款鸡翅中辣人舌胃，闻着没味儿，咬一口满嘴烧火，止不住掉泪珠子。

许力给小辛拭泪，第一回让她躲了，再拭一回她就配合，主动把脸递过去。

巷口的王存捏了拳头，觉得再没别的余地，只有闯进馆子大闹一番。走路要带响，来到两人跟前，先把肉串带铁盘掀翻在地，再把酒杯带瓶子扫下桌面。利用这个空当做番选择，考虑把第一个耳光赏赐给谁，谁都合适，谁都不合适。

脑子里彩排两遍，脚却迈不开步，守在墙角，把手心攥得生疼。

耳光到底赏给了自己，瞧不下去了，只是灰溜溜逃遁回家。“熟悉”无非是一种感觉，瞧不见摸不着，这个小套房好像不再属于王存，卧室也不能让他安心。日头走到正北也不入土，执着地悬着，把红光熨到他脸上。吊扇顾不得开，走回客厅，单对着镜子滋滋冒汗——

“你跟许力有事？”不敢这么问，再措新辞。

“你晚上跟许力吃的饭？”有些冒犯之意。

“你今天是不是见过许力了？”别假装神秘，她最烦这套。

“晚上加班了？”听来像句傻话。

——就是这句了，就等她回来了。

日头落下去，万家开了灯火。咯咯嗒嗒的鞋跟声越来越近，一阵零碎的钥匙响，门就开了，小辛弯腰换拖鞋。

“回来得这么晚？”适时问出来，措辞不比原定的聪明多少。

“电话里不是说过加班了？——怎么不开灯呀？”挂好包，开了电灯，旋了吊扇，利索地把上衣脱得仅剩胸罩，走近皱了眉，“你在那儿木愣什么，有事？”

“能有什么事？没有。”竟不敢说了。

“那你黑咕隆咚戳着，傻不傻呀。”

小辛俯下身来，鼻尖子要戳上王存颧骨，看了又看。“耳朵眼里怎么全是耳屎？”问一声，捏了王存左耳细瞅，“那么些大块，存金矿呀？快过来——”猛坐上沙发，整个人高高低低地晃，拍拍自己紧并的大腿，“靠这儿——我给你掏掏。”

身体拉着魂儿倒下去，刚躺好，忽觉万事皆通，想着要不一切都算了。一声“别乱动”，挖耳勺蛇芯子似的舔进来，阵阵酥麻。

一夜无梦，像是当晚被整段截去。早起刷牙，肩上搭着毛巾，忽见满屋辉煌的晨光，把结网的墙角都照得亮堂了。电话响了，王存挂着满嘴泡沫抢着去接，直觉是她，果然就是。那端的果儿语气带霜，喂也不喂，说一句就扣了电话：

“老时间，老地方，有事。”

四厂接来一批出口货，四款玩具小车，组装完成后拧几下能成人形。

蟑螂大小的零件共计三十多片，装配说明写满一本薄册子，蚂蚁似的小字满纸爬，看着怄气。外聘的厂工好些不识字，培训起来只能王存来念，其间叫个打暑假工的大学生纠了两次错别字，王存就扯他衣肩：“你文化高你来培训！来吧！”说着把册子拍他胸口，语气重，吓得那小孩好些天不敢与他对视。培训罢了试着开工，又赶上电力故障，装配传送带不转，风扇也停了，车间热得蒸人，平日跑来纳凉的野猫也不再进。王存建议去一厂求援，副厂长老李拧着脖子摇头。许力咬了牙，刚端出万事不求人的四厂精神，王存就会了意，知道这是又要逞强。

“机器是死的，人是活的……”许力举证，谁不知道人是活的似的。

“啥意思？人都蒸死了你就乐意了？”王存起身要走。

“吵能解决问题？”老李砸了茶缸子，桌上砸出凹陷，缸子剥了瓷，“吵要是能解决问题，全厂别进车间，都来我这儿吵就好了嘛！”

到底是要逞强。

传送带不转，装配工人就得满车间跑。王存也帮着配货，才试半个钟头，男工就要脱衣服，女工嚷着不允，车间四处骂爹喊娘。王存挂一身汗珠子回去交涉，跟老李吵完了，又去找许力吵。

“一厂不赶活，车间拉线都闲着，你非要让咱们的人受这罪？”

“找我没用，你找老李说去。”

“你叫我找他，他叫我找你！你俩推太极，车间人热死了！”

许力攒了眉心：“老王，你怎么搞的，今天这么躁？”

“我就不能躁？”

“能，躁吧。”许力划火柴点了根烟，也不吸，放烟灰缸上，“最近叫人勾了魂？——昨天一下班就找不见，你干吗去了？”

话里装着话，一听脑炉子里就烧火。

“我干吗去了？这话啥意思？”王存变了声，“你又干吗去了？”嘴上说一半，心里喊一半，这毛病自己也恨，却是到死改不了。

“行，不多问。”

“别，你问！”话挺着腰说出来，心里直发虚。

都沉默了，烟头上细而直的一缕烟云，忽然一阵扭动，散了。风扇兀自转了起来，车间里一片欢呼，扳上闸刀，机器轰隆隆开始运作。王存跑回去指挥装配，不过十五分钟，一切都变得井井有条。男工卷过乳尖的上衣统一捋下来，还卷着剩下的一半，就晃着肚脐眼干活。

抬手看表，还没干什么事，一点钟已然过了。王存跑去给果儿打电话，路上遥望一眼，从这儿看去，图书馆那小楼像座寺庙。拱形的小门，往上不过一米，俩漆红的圆窗子窥过来，俨然一张护法金刚的怒目脸。

拨号等着，果儿接了电话：“有事傍晚见面说吧。”

“我六点过不去，”看罢手表再看墙上的挂钟，“临时接到一批货，忙完得八点了。”

果儿哼一声：“直说吧，就是不想来。”

“不是不想去，改明天行不行？”

“你不来我不走，多晚我都等得了。”

“你别闹。这是正事，车间停了半天电，我又刚跟厂里领导吵了个遍，这边不能再出岔子……”

知晓对方挂了电话，还要兀自把话说尽。

忙完已经过了八点，出了四厂，伸手摸到一片黑而热的夜。

到了红旗旅店，悻悻走进去。前台换了人，保洁还是原来那位，却不再记得王存。房号没变，他敲门进去，冲着果儿就是一通怨：

“不让打我家座机，还打！你怎么回事？”

“我还没急，你急什么？”果儿吵他一句，又扭了脸，冲着墙柔声说话，“早就想好了，要是旁人接的，我就直接挂电话——放心，不给你惹事。”

她说的似乎也是个办法，王存有些后悔，不该进门就发火。叹一口气，一条胳膊缠她肩上：“你今天怎么了？就非要见我？”

“一身汗咸味儿，别搂我……”果儿扭肩试图挣脱。

王存不听，继续缠着：“说吧，有什么事？”

“那我说了——”果儿冷了脸，似有几分忧虑，“你再给我一次钱。”

自发撤下胳膊：“上周不是刚给过？这么快又要？”

“最后一次了——不给也行，那跟我结婚。”

“结婚？”从床畔弹起来，床单上自己坐过的地方两片潮印。

果儿从包里掏出个本子，翻开了，打页间取出叠好的一张纸，展开是张信笺，印着中心医院的粉红抬头，正中间悬着潦草两行手写字。王存扫一眼，分辨出一个“孕”字直往眼珠上扎，脊梁骨过了道电，视野也模糊了，不敢再朝纸上聚焦。

“怕你不信，专门找医生开的证明，就是好说歹说科室也不给盖戳子。”说着眼圈红了，声音里带着怨，“昨天都说了不行，你还非要那个。”

“不是——这事昨天你怎么不说？”脑子一点点炸开了。问了话，果儿也不回。听电视里唱罢一整首歌，时间正好，像是郑重考虑过，摇头说出句一开始就确定的话来：“结婚的事别再提了。”

果儿仰了头，拿指肚子抹泪：“也行，那就还是给我钱，我自己处理。”

“你怎么处理？”

“这你别管。”

“好吧，我不管，”竟有庆幸之感，“你要多少？”

果儿毅然抬了头：“五万。”

“五万？”

听罢嘴里一团腥苦，像是被谁喂了口铁锈。

“给了我就走，咱俩压根没见过。”

窗外闪过一辆车，打着远光灯，喇叭也按个不停。无端想到小辛坐上许力副驾的画面，再往后就不敢想了，先是胸口一阵悸痛，再看果儿，心猛跳着胀大，撑得呼吸都浅下来。

“好，给你五万。”说出来自己都吓一跳，“只是得绕个弯，我跟你说个人，你去管他要。”

“谁？”

“叫许力。”

“是谁？人家凭什么就要给，该你钱？”

“该，”主意打定，突觉理直气壮，“我能给，他就能给。我该给你多少，他就该给我多少。”

果儿竟答应下来，随后一阵恍悟似的笑，说王存这是出门玩火，扭脸发现自家庭院也被烧着。退了房，到街上找一处公用电话，拨到许力家里，听他在那头喂个没完。王存把话筒递给果儿，吩咐她端出早上的霜冷口气，只说一句就把电话挂断：

“你跟赵辛的事，我愿意替你保密。”

次日开工，王存窃窃站在车间，支棱着耳朵捕捉周围动静。许力的身影极惹眼，隔着雪花玻璃变成一团光晕，在办公室里来回晃动，偶尔弯腰落下屁股，像个逗号栽到椅子上。昨晚的电话惹不起波澜，或许一切都是误会。王存正要回车间，那道永久紧闭的小窗竟开了，许力探出头来，视线扫到王存身上，定上去。

“哎？老王，”胳膊也从窗口挤出来，手随便一招，“过来一下。”

腿拽着身体走过去，开门满屋熏眼的浓烟，风扇摆在窗口往外抽气，烟灰缸里热热闹闹挤满一缸子烟蒂。

“货都拉走了？”许力迎面问一句。

“昨晚全验收了呀，你不是一块儿盯着吗？”

“我盯了？——妈的，给忘了。”

“那还有别的事吗？”

“没了，”许力草写几笔字，马上又抬头，“对了老王，这两天我老接到些诈骗电话，真是什么谎都编得出来。前天那通，说我家小柒要交学费，让我把钱汇到哪儿哪儿去，要不是话机子里一股南方口音，我差点就真信了——”顿了几秒，又问一句，“你家呢，接到过吗？”

“应该没吧。”

“没有就好，要是听到什么事了可千万别信，净他妈胡扯。”

“行。”王存要走。

许力站起来：“昨天车间停电，作为装配组长，你处理得很好。下周开大会，我会跟领导提一下，这事必须得有实质性的奖励。”

“都是我该做的，”王存转了脸，手摸上门把，“车间还有事……”

“能有啥事，过来，”许力弯腰拍拍沙发凳，腾起一寸高的尘埃，“陪你哥坐会儿。”

乖乖回头坐下来。对视半天，两张脸像两本书，正互相阅读。

许力又点一根烟吸上，一抖烟灰，这才发现缸子里还躺着大半根：“咱俩一块儿这么长时间，从一厂到四厂，都是拉着手干活，你的功劳我最清楚，比我多，也比我大。问题是你这个人嘴片子笨，闷头干活不邀功，所以这些年下来，还是掉在基层。我一直寻思，不能总让老实人吃亏。你不用愁，以后我会多帮衬着——还有就是，我这个人莽撞，以前有什么事办得不妥，你也担待担待？”

语气随意、自信，说罢抽了面巾，去擦冒汗的鼻梁。躲在额下的两炬目光打出来，烫进王存眼睛里，纹丝不动。

短暂的沉默与对视，王存开了口：“你没什么办得不妥。”

办公桌上的电话响得像霹雳。

见是生号，许力伸着手犹豫，到底是接了，喊似的一句开场白：“玩具四厂，你哪位？”

那边不知说了什么，这边脸唰地变白，赶紧扣了电话，回头看向王存，脖颈扭得急，打响指似的一声脆响，眼球也晃得厉害。

“怎么了？”

“打错了，你回车间吧。”话挤着说出来。

刚出办公室，身后电话又响了，王存发现自己的腿正打软。他极恨自己这种品性，平日与小辛吵架，嘴还很硬，眼泪就抢着涌出来，搞得像自己败了阵在讨饶。

回车间不过片刻，财务室电话就响了，隔着近百步的路，以往都听不见，今天隔世似的铃声挠进王存耳朵里。染指甲的财务小妮子跷着指头接听，像拈着朵花，才听两句就撂了话筒，也不挂断，搁下小染笔直接跑去许力办公室。两人没说几句，许力就自己冲出来，在车间纸箱上绊了一跤，骂一声爹，踉踉跄跄跑进财务室，突然静得全厂屏了息。不过一分钟，许力颓然走出财务室，发狠的目光扫遍车间，似要找人来恨。

其后半天都不得消停。电话先后响过四次，话机位置都不同，分别是在业务办公室、装配调度室、包装组和外联处，都是点名要找许力，诚心让他一趟趟兜圈子，跑给全厂来看。许力也怪，跑去抢电话时风风火火，动静好似骑着战马，攥了话筒就没声了。厂工老许瞧进眼里，想不明白，嚼着槟榔嘟囔一句：“小半晌跑八回了，这是在忙啥大单子？”

王存也渐宽心，电话每响一通，心头就卸下一块巨石。螺旋桨似的大风扇摇头晃脑，渐渐有些凉意从领口撩进前胸，汗在消。

下了班，人陆续散尽，留下三个保洁厂工围成一圈杀西瓜，转着切下几刀，掰下三棱的一块红，抖着朝这边递。王存装没看见，跑到小楼电话亭给果儿打过去。刚喂一声，果儿就在那头疯笑一场，该说话时不言语，悬着时间，吊着胃口。

“就知道是你，”越来越烦这笑声，聒噪，没分寸，王存斥她，“能要到钱就行，犯得着这么折腾许力，就非得让他出丑？”

“你不懂，我这是叫他长长记性，也给你解解恨。”说罢又是一通笑，踩着鼻子就上了眉。

“我谁也不恨，你也别这样。”

“这事不该你管，”果儿的声音冷了，听来如一泓寒泉浇上脊背，“今天肯定有人要出丑，这人不该是他，本该是你，别忘了。”

王存不搭这茬，开口又说出一句当即后悔的话：“我思来想去，觉得五万有点多，三万就行。”

那边哼一声：“听不懂话吗，这事轮不到你发慈悲。”

面谈或许好说，王存提议：“要不我俩再见一回？”

“傻×。”

那边挂了电话，这才知道交情断了，脑子里果儿那熟悉的形象瞬间拉远，变成刺目的黑白色，不晓得她是谁了。回想初见那晚，方觉得一开始就不对劲，凭什么她那杯酒就要端给自己？

天生碰不得恶事，当晚辗转半夜。

王存酸着眼皮睡了，梦里许力的声音从二指高的床底喊出来，叫着他的名字。他爬到床畔不敢往下看，惊醒后手脚被缚，胸口坐着个黑矮女人背对自己，吓得再醒一次，这才跌回自家床上，看到侧躺的小辛，肩头起伏有序，打着睡猫似的散碎呼噜，终于镇定下来，轻攥她的手。

次日一早，红艳艳的一大束花躺进车间里，与墙头的几面锦旗同色，摆在传送带上极夺目。王存混在厂工里，隔着人缝往里瞅。一张对折的卡片纸躲在花枝间隙，劲笔写着“许力”二字，里面还有成段的话，却没人敢取出来细瞧。厂工们只是围看，互相递着眼神猜度。

“挤成一团闹什么，不干活了？”

赶早班的许力从正门骂一嗓子，闯过来撕开人群，见到那束花便迟疑下来。挪步走近了，再看到自己的名字，慌张取了卡片，捂在手里打开一缝，看也没看又啪地合上。

“这是谁送来的？”

疯嚷一声，吓得一圈人集体后退，齐刷刷低了头。许力转身走开几步，又猛退回来，把花束倒着拎起，进了办公室。花不能倒拿，一路走一路洒水，保洁不满地嘿一嗓子。不过几分钟，办公室电话又响起来，王存隔着雪花玻璃，看许力对着话筒嘀咕半天，似乎谈罢了，电话从容扣下。

预感极准，如一场话剧谢了幕，四厂果然恢复安静，再没诈唬的电话打进来。

中午起了细风，晒奄拉的树叶软趴趴晃着，像谁的手正抖着钱票子。四个野狗似的小孩把脑袋探进垃圾桶，扒出一束花来，一齐惊呼，各自抢着囫囵的花朵朝头发里插，往耳朵上架。

一朵朵的红，相互追着满厂跑。

一日无事。第二天下班晚，钥匙捅进锁眼，只稍一拧，就知道家门没锁。

开门满屋耀目的光，吊扇转得似停未停，走廊里蜘蛛眼似的两排灯珠也瞪得大亮。小辛先到的家，洗过了头，卸罢了妆，穿着吊带睡衣蜷在沙发里。王存把灯一盏盏熄灭，把吊扇旋快一档，留下台灯跪在书桌上，打出一片喇叭状的黄，被桌面横着截断。小辛昨日例假，今天全身乏力，眼也睁不圆。王存刚要坐，她伸了手阻止，从那块沙发垫子下掏出一沓车票，搓开了，粉扑扑的四小张。火车没有直达，要倒一趟才到得了桂林，每人两张票，连座，时间是三天后。

小辛脸上挂笑："你请假比我容易，就没跟你商量。时间没问题吧？"

"不是说不去桂林了吗？"从来不敢打包票，"我得到时候看看……”

小辛低了头，蜡黄的鼻子在动：“四厂不是没你不行。”

突然获得勇气：“放心……要是请不下来假，我就旷他三天工！”

“你别让我笑……”小辛捂着肚子咽笑，起了身，“我躺一会儿去，小肚子难受，”人进了卧室，声音跑出来，“你跟我一块躺会儿吧。”

还未答应或拒绝，电话就在墙上抢着响了。

没接就知道是果儿，总猜最坏的可能，总能成真。话筒贴在脸上，烫，不知道该不该挂。果儿在那头发声了：“别恼。最后一次了，帮我个小忙。”

卧室门开着，像人间最大的耳朵眼，王存就把话砍得精简：“说。”

“从你家阳台，能看到许力家后窗吗？”

“能。”

“你去看看。”

“不用去，能看见。”

命令似的吩咐下来：“你去看看！”

自己也怀疑了，把话筒悬墙上，跑阳台随便扫一眼，又跑回来：“看了，能看到。”

“那后窗台上摆了花没？”

倒是没注意，只能再跑一趟，回来汇报："摆了。"

"几盆？"

又跑一趟，喘着气："两盆。"

"成了。"

"成了？"

"花摆上窗，说明事成了。花摆了两盆，说明今晚就能拿到钱。"

"怎么拿？"

"怎么拿是我的事。"

忍不住多说一句："拿了，你也算如意了，以后别再多事。"

"你说了不算。"

电话挂了，留他一人发愣，忽觉客厅里空空荡荡。小辛睡下了，整间卧室像是肉做的活物，打着小鼾，墙面似乎也有胸脯似的起伏。他轻脚走动，带上门，熄了台灯，垂头坐到九点。屁股坐麻了，披上薄褂子上了阳台。许力家后窗亮着灯，两盆花都在，凑得近，花朵微晃着，像俩小人正聊着什么——就那么几分钟里竟起了风。风越起越高，刮得满世界响，似乎在那一折折墙角、一片片瓦下都藏着几支乐队。视野所及的树都一下下磕着头，扬尘一绺绺扭着冲上四楼，路灯照亮大街，晃得像隔着一丈河水。

不过一刻，许力那单元开了门，蟑螂模样的一辆车爬出去，过了小区西门，打着远光灯一路加速，朝南驶去了。这边单元门还敞着，哐当当捶着墙。风越来越凉，掩了卧室的动静。小辛揉着眼打呵欠，软绵绵走过来，贴上去。王存拢她入怀，触碰到一片片温暖的曲线。

第二天照常进厂。许力先到了，哼着歌在车间逛，迎面碰上老李，左右挪不开路，嘴里的曲儿也刹不住。老李干脆站定，等他过去了，转了脸打趣：

“你这是捡了钱了？”

许力没搭理，倒是吓得王存脸色一白。

再过两天，全都相安无事。两夜连做三次怪梦，极轻盈的身体从楼顶飞向另一个屋顶，电线全都搭在白云之间，横竖交错，要躲着飞翔，累了便像燕子似的蹲电线上小憩。也算一种美梦，醒来感觉不能更好。为了顺利，就请了探亲假，果然马上批复下来。那天上午，王存收拾好行李，掏出来车票确认发车时间，随后敲着手表催小辛赶紧出发。她抱怨桂林阳光太毒，到门口正要换鞋，又丢了行李跑回去，俯身露出一抹后腰满屋子找偏光镜，光着脚把地板踩得咚咚响。

人停了，脚步声还响着，像是有人正走到门前——敲门那么使劲，太没礼貌。王存丢下行李，毛毛躁躁跑去对付。猫眼外头一片藏青，开门是个陌生女人，新铰的短发，长裤长袖，牛皮腰带缠到肋下，肩上挎着个大黑皮包。

“你叫王存？”

“是。”

女人低了头翻皮包，抽出一张身份证，轰隆隆递到眼前。

“认识吗？”

接过来细瞅，证件主人叫靳娜，一张黑白的大头像，满脸假意的笑。是果儿，又不太像。

“怎么了？”心又悬起来。

“人找不着了。”

冬雪

跑象城定居近二十年，梦里的画面一直是混乱的。

分明是满树绿叶，却敷着一层厚雪，叶底也没能躲过；更别提一顷顷稻秆顶着麦穗，针芒细而寒锐；结冰的海面晶莹一片，冰块硌冰块，叠起来是一通通钝响，如把一麻袋红薯倒进窑井；胖猪似的蔚蓝色海豚，从枕头大小的鱼缸里冒出头来，鼻尖竟挂了霜……一晃活过二十五岁，开始怕什么就梦什么。六岁那次出远门，一大早被拽出被窝，小肩膀耸着，腿肚子在晨雾里哆嗦，上车直开出两千多里，就这么成了象城人。进了梦总觉得还是旅行，还会回去——父亲肩上没挂多少行李呀。

做几天梦便全验证了，也怪不得本地人说她畏冷。而在英子看来，象城这冬天算得上奇长，能冷过半年的样子，像是在针对自己。

接案那晚的回忆也不清楚，想起那件米色的呢大衣搭在椅背上，就确定当天落了雪。所里就她一人枯坐，男警全被邻市借去抓赌。本给她放了两天假，英子自己不允，偏要跑来值班。暖气烧不热，大厅配着泥火炉，提到桌腿边，脚并拢了往上凑。天一冷就猛喝开水，过了九点，正憋着尿，那女孩就半滑半跑闯进来，往大厅跺两脚雪，嘴里冒着热气，说都两天了，她姐没回一趟家，怕是要出事。

“湖北人？”听口音极像。

“襄樊南边一个镇上的。”

“那么远？来象城串亲戚？”

“念书，北边师范学院的。”

“人是你亲姐？”

那女孩猛点头。

“也念书？”

“她不念，算是来陪读的吧。”

“往老家打过电话没？”

“没打……不用打，她跟家里关系僵，不可能回去，”说着掉了泪，也不擦，“即便真要回去，也不可能不跟我说。”

“你俩这几天吵过架吗？”

“没，真吵架也都是过夜全忘。”

“那还是吵过？”

“没，没吵过。”

“你姐办过暂住证没？”

女孩儿低了头：“没吧，不知道。”

“不是本地人，说是失踪还太早，”摘了笔帽，撕一张表递过去，“先登记一下，回去了该打的电话都别省，说不定就找着了——不会填的地方先空着，我跑趟卫生间，你等我会儿。”

厕所修在大院里，水箱底挂着两锥冰溜子，一泡尿下去，刺进满鼻子腥臊，憋了气也挡不住恶心。尿完回来，人没了，登记表上写满整齐的字，住址栏的格子窄，字就越写越瘦。女孩儿叫靳小霞，常见的傻学生，失踪人名不好好填，就写了一对“姐”字。

火炉奄奄一息，剩下几眼嫩红，拿钳子夹块煤球送过去，又舍不得添炉嘴里。时间不早，是该回家了。裹紧呢大衣，围巾从肩膀缠过耳梢，再戴上针织手套，这才敢出门。外头又开始落雪，推着大梁车到街边，不远处的公用电话亭里打了手电，隔着纷纷大雪，像盏纸糊的黄皮灯笼。

果然，小霞人在电话亭里，正冲着电话喊，一声高过一声。同是南方人，湖北话喊出来，英子一字不懂。女孩挂了电话，人蹲下去，呜呜咽咽哭起来。英子掏出烟盒，远远看着，打出黄豆似的火苗，燎了根烟送嘴里。那女孩又站起来，捏着个黑皮小簿子，抹两把泪继续拨号。

英子也不走了，扶车站定，直看到小霞打完电话，手电没了光。这女孩儿就顶着满头雪在街上一路哭一路走。

城西本来就小，按登记表上的地址找过去，不过十几分钟就摸准了地方。不算偏僻的一个小区，进了大门再难找到一棵比人高的树，九栋六层小楼列成三排，码得齐整，其上一孔孔蜂窝似的黑窗，再落上均匀的雪，就像白瓷盘上的一块块冻豆腐。对上楼号，爬到五层，敲了门。小霞跑着来开，似乎把英子当自己姐了，果见她一脸的惊喜两三秒变回低落。

屋里的小霞拆了辫子，头发披在肩上，眼袋鼓着，鼻子也擤得泛红。报案时穿的那件外套挂在门后，雪该是忘了掸，在肩领化开成水。认出英子，女孩就有些无措，也忘了请人进屋，手没地方放，隔着层毛衣挠胳膊肘。

“就穿那么点，你不冷？”自发进去，屋里有风窜来窜去，替她关了窗子，小霞傻望着自己，像是在等一句解释，“我夜班值得多，不着急回家，顺路过来看看。”

小霞瞅上西墙，挂钟走着，已经过了十点。

“电话都打了？”

“嗯。”

“还是没找着人？”

“肯定有事，”小霞一通摇头，“我姐从不这样，偶尔加白班，下午也会回家一趟。”

“她上夜班？”挺不情愿在人家里抽烟，却还是毅然点上，主要是冷，“单位在哪儿？”

“不知道，”又是摇头，“事细了，她就什么都不跟我说了。”

“你们姐妹俩还真是……”一时琢磨不到词，省略了倒也准确。四下环视一番，客厅连着厨房，收拾得还算整齐，桌椅沙发都站在恰当的位置，锅铲筷笼子也都老实挂着。“你俩一屋睡？”

“没，她睡这屋，”小霞走到一扇门前，犹豫了，“她不让我进。”

“这种时候了，你怎么还那么听话？”

英子拧下把手，门没锁，就推开进去。

开灯看到乱糟糟一片，内衣带着衣架躺在床上，垃圾桶里斜丢着一桶泡面、几团废纸，倒是没味儿。枕边躺着烟灰缸，几个烟头撅着屁股扎在里头。衣柜开了一扇，没洗的衣服堆满一个收纳盒。鞋子横横竖竖东倒西歪，离得最近的都不是原配的一双。手躲开烟灰缸挪一挪枕头，见下边躺着一个火机、一支口红、一张卡片。

拿起卡片放下巴底下，才知道是张身份证。“靳娜……”正反面都看看，是襄樊人不假，“这是你姐？”

“嗯。”小霞还站在门外，朝里探着头。

“站门口干吗？你也进来。”

小霞畏畏缩缩走进去，客人似的。

“那是什么？”看进衣柜后的阴影里，墙上挂着一块四四方方的黑。

“相机……我姐的。”

小霞还没说完，英子就给摘下来，拿在手里把玩。

“她常用吗？”问了没应声，见她正摇着头，“不常用？还是不知道？”

“不知道。”

“不知道就说，别光摇头点头呀。”

小霞这女孩倒是乖，却又是一通点头。

取了相机，按下带红点的圆按钮，屏幕亮了，镜头一点点拱出来。调到相册里，见个浓妆艳抹的女人搂着个清瘦男人，身后一片旅店模样的白墙，拍摄时间是在两周前。画里两人脸挤着脸，挺亲密的样子。小孩子家这么照相，那是确实喜人，换了成人就散发出几丝露骨的色情味道。小霞也要凑上来看，英子拿手挡了，猛按翻页键，找到那女人的独照，这才端给她看。

“这是你姐？”晃一眼就把相机拿开。

“是她。”

“不像呀。”跟身份证并在一起对比，脸形并不一样，截然两个人。

“身份证照得早，她也化了妆。”

“嗯。”再去找那男人的独照，翻好久才得到一张，凑近了拍的，一张脸占了一半，人闭着眼，似是睡着了，“这男的呢，是谁？”

小霞极认真地端详：“没见过。”

再往后浏览，还是一张张男女合照，瞧着极不舒服，姿势没变，女的同是靳娜，男的却换了人，歪着领子，一张方脸，戴着蛤蟆眼镜。再往后翻，又换了两人，时间早到一年多前，仅存两三张照片，纪念似的。越翻越有兴致，好奇这些男人到底是谁。大概一猜，就知道这相机主人颇有城府，似乎打着什么坏主意，真出了事，怕也是栽到了这上面。

“你明晚在家吗？”

“在，我们五点半下课。”

“行，人我帮你找找看，”关了相机，把肩带一圈圈缠上去，“这相机我先拿走，明天给你送回来。”

小霞有些为难，皱着眉点头。

下了楼，满世界一片青白。地上的新雪积过拐骨，才蹬几脚车，挡泥板里就塞满雪泥，骑来像是捏着一半刹车。下来踹几脚轱辘，那雪泥还是固执地焊在里边，干脆把车锁到小区门口，抽着烟往回走。自己也不明白，为何大半夜跑这一趟，太不理性，也不合规矩。脑子里除了一团捋不清的线索，还有莫名的一团棉花，云似的在额前浮着。来象城前两年，赶上正月初四的集市，见个打棉花糖的男人就被勾了魂，撒了父亲老马的手自己去买。从兜里掏出一张五块的花票子找不开，就要跟人去家里拆钱。才走不过百米，被老马追来扇脑袋上一巴掌，天灵盖子铙铃似的晃着响。棉花糖到底没拿到，人被拽走了，呜里哇啦哭了一路。

早上八点，云散了，北风像些个死人手似的凉冰冰伸过来，朝脸上拍，往衣裳缝里摸。出门满街薄冰，一脚踩路上滑出一米多远，扑棱着胳膊找回平衡，远瞧像只振翅的蜻蜓。走到小霞那小区，门口空空荡荡，车没了，仿佛随雪化成了一摊泥水。想着这是哪家毛贼，连民警的自行车也偷。气上来，她踹一脚枝枝杈杈的槐树，忽然决定不再去所里，扭头回了家。

书房开着门，客厅一股子墨水味。老马已经把餐桌搬来与书桌拼上，一张黄纸铺展了，正画着鹰——又是鹰，不是鱼就是鹰。

这鹰没画好，脚似乎小了。

“爸！”伸了胳膊勾手，“快，你那破车给我开一天。”

老马并不抬头，正描着鹰颈："开我车干吗？"

"查案呀。"

老马悬了笔，抬了头："又胡闹？你一个内勤查哪门子案？所里小孙不干活啦？"

"又管那么多！"

"不管你。只是叫你别串岗，内勤的事还不够你忙？"

"所里给我放假了呀。"想了想，又说："谁稀罕干内勤的活，我报名的时候填的就不是内勤，硬把我往那里放！"

"活不分贵贱，你那是服从组织调剂。"

"是组织调剂，还是你调剂？"

"你这个孩儿！"老马搁了笔，"这事就非朝我身上赖？"

"是不是你，这屋里有人清楚。"忽然上去搂住胳膊，"要不你打个招呼，给我调出去？"

"说什么梦话，这是谁想调就调的？我没那么大本事。"

"就是你！"撒开他的胳膊，掸灰似的拍拍自家袖子，"前几天跟张所聊，他说上回见局里的领导，你还想着把我往户籍室那儿调！"

"我那就是随便一提，这个老张，怎么啥都往外说……"老马抱怨一句，再看英子，脸上堆出知错的笑。

"你别给我在这笑！"懒得再磨牙，"快，车钥匙给我，正事儿。"

“真查案？也不走程序？”

“就帮忙找个人，走什么程序，你怎么这么烦！”墙上闪着光，是吊钩上挂着的一嘟噜钥匙，摘下来塞裤兜里，把自己那串钥匙丢桌上给他备用，走到客厅又回头，“你以后画画记得关门，我妈她是不愿意说，你那墨水味儿可真臭！”

车近报废，冒着几疙瘩黑烟开出门去。

空调口不吹暖风，封闭也差，开快了冻脚脖子，就不愿狠踩油门。到城西坐了一个钟头，照片终于洗好，码一摞装信封里。回去路上见个戴六角帽的罗锅老头，弓腰推着辆自行车走。多看几眼，越发觉得像是自己那辆。转向灯来不及打，朝路边一泊，打开双闪就下了车。屏息追过去，钻几道胡同也没找着人，零零碎碎的脚步声从四面袭来，又渐渐隐了。不相信自己真的跟丢了个老人，气得抓一通头发。回来车又熄了火，打好几回点不着，干脆放弃了。解开安全带躺下，捂了额头。那车占着小半条道，任凭后面的车按着喇叭绕。

将胳膊搭窗外抽了根烟，再打火，车又发动了。

刚过五点就去了小霞家，本想站门口等她回来，小霞却已经在了。听到鞋响，小霞主动开了门。女孩气色好了许多，见到英子就叫姐，仿佛她掺和了这事，就必有好的结果。最怕叫人失望，英子心头发虚，竟开始有些后悔。再进靳娜房间，发现本来的凌乱已被收拾停当。

“有消息了吗？”等这许久，小霞才敢问一句正事。

“没那么快。”

“哦。”

“我抽根烟啊，你家一直这么冷？”也是奇怪，一到小霞家里，竟觉得比在自家随意，抽着烟把相机掏出来，“这个还给你。”

小霞接过去，十根手指在相机上爬，到处找电源键。

还是应该上去阻止：“听你姐的，等她回来，叫你看的时候你再看。”

小霞老实地点了点头，把相机挂回墙上的阴影里。

“提前下课了？”

“今天就下午两节课，我请了假。”

“课还是得上，别再请假了。”口红竖在化妆台，火机躺在床头柜上，一模一样的两个，枕头下边空了，“哎？你姐身份证呢？”

小霞慌忙拉开抽屉：“收这里了。”

“这个我先保管，”拿起身份证放包里，看着柜面上的两个火机，“怎么多了一个？”

“收拾那堆衣服的时候，裤兜里摸到的。”

拿起来细瞧，火机是作坊定制，油瓶上印着硕大的四个红字：“青桃唱吧”。

“这个青桃唱吧是在哪儿？”

“不知道。”

“平时听你姐提过这里吗？”

“不知道……”忽然她就掉了泪。

“好端端怎么哭了？”

“问啥我都不知道——心里难受。”

“不知道就不知道嘛，难受什么？”从小见不得别人哭，自己也有些鼻酸，英子捏了个打火机放包里，准备离开，“放心吧，说过帮你找，就肯定能找到。”

出门上了车，又打不着火，一腔怒气翻腾开，拔了钥匙猛拍方向盘。拍到四五下，副驾的储物柜哗啦开了，蹿出一阵铁腥气。柜门推回去又耷拉下来，试几次都没能成功，像个脱臼的下巴。深吸一口凉气，冷静下来。这车真是老了，储物柜从来不用，锁坏了几年都懒得修理，往日总是开不开，现在自发开了，竟又合不上，稍一动都咔咔嗒嗒地响。只能扯一截胶带咬下，斜着粘上去。车终于发动起来，朝东开到路上，空荡荡的储物柜里一阵咕噜噜地响，像几个鸡蛋煮在锅里。

象城的迪厅、唱吧都在东街，一路开过去，打着方向盘朝路两边观望，果然开到街尾就找到了那家青桃唱吧。一家沉默小店，门脸不小，两个白音响石狮似的蹲在两侧，都安静睡着。

粉色的招牌上绕一圈跑马灯，只言片语的音乐从门缝里溢出来。

仅把前轮轧上马路牙子，就这么下了车。

开门走进去，聒噪跑调的歌声涌过来，大厅灯打得暗，人脸都藏在额头的影子里。收银台上打着台灯，两个女孩互抵着肩头一起发愣，前边一个迎宾女孩穿着西装，正拿着对讲机试音。

走过去拿打火机屁股戳了戳她的肩，问：“这是不是你们这儿的火机？”

女孩皱着眉转身，放下对讲机：“是这儿的。”

英子又低了头翻包，掏出信封，找到靳娜的独照抽出来：“你瞧这个人，脸熟吗？”

“没见过……”女孩捏着照片摇头，英子的心沉下去，忽然又听那女孩说，“你问别人吧，我才上两周班。”

松一口气，看她又举高了对讲机，就伸手阻止：“把你们领班叫过来，我问问。”

女孩有些为难。

“去叫呀。”

“你等一下。”

女孩撇着嘴朝里跑去。不一会儿，来个男人，高而胖，挡了半条走廊的光，穿着西装皮鞋，领带圈扯到胸口。

“你找我？”

“您是这儿的领班？”

“这儿没领班，我是经理，我姓崔。”

“也行，”英子举了靳娜的照片，“崔经理，这人你有印象吗？”

崔经理也不看照片，声音带着气势压下来：“你找人？”

“我啊，西城区派出所的，来查个事，随便问你两句。”

男人听了笑了一声，并未全信，还是把目光放照片上，才看一眼就摇头：“没见过……”嘴里这么说，眼又自发往照片上瞟。

知道他撒了谎，就把照片再朝前递：“你见的人多，可能记不清了，再好好看看。”

男人捏着照片再看几眼，一副恍然大悟的样子：“嗨——果儿啊，以前是在这儿上过班。怎么，她又惹事了？那你可找错地了，上回果儿剐人轿车，当天就把她给开了呀。”

“果儿？”

“咱们这儿的陪唱都是用花名，她真名叫个什么‘娜’。”

“靳娜。”

“就是她，我老把那字儿认成‘革’，就是她就是她。”

“怎么，这个靳娜老给你们惹事吗？”

“也没老惹事，就那么一回。”

“剐车是什么时候的事？”

“三个多月了吧，第二天就没让她再来上班。”

“你等等，”想起来什么，低了头翻包，找到那清瘦男人的照片，抽出来递过去，“这人呢，认识吗？”

男人端详几秒，摇头：“没印象。”

“好好认认。”

“真没见过，我还能诓你？”

又拽出张合影，捏住果儿的脸，单把戴蛤蟆镜那男人露出来给他看。还没开口问，就听他说：“这个脸熟，果儿剐的就是他的车。”

“这人是谁？”

“玩具厂的，倒是常来，他姓谢。”

“玩具厂？几厂的？”

“三厂还是四厂，四厂吧，记不清了。”

过了九点，路上的泥泞结成冰，天又起了恶风，扫过树枝，啸出阵阵马哨似的锐响。英子不直接回家，既然顺路，她就要先去厂里探探。

一条步行街贯穿四厂，因是公共道路，北前门建成即被拆走，留下两块石墩子。下班入了夜，便栽下几根反光锥拦着车辆。自己下来挪开一根，冷风灌进鼻孔，肺都皱成一团，逃回驾驶座开车进去，路经两处车间，马上被乌青色一栋小楼挡住去路。想起这曾是个图书馆，且拿过什么建筑奖，把当日晚报二版占去烟盒大小的一块，至今还是首见真容。她正无聊，就来了些兴致，一面开车绕行，一面从楼西侧看去。小楼西门锁着，前头横横竖竖几根方柱，这么乱搭一气也能拿奖，实在没有道理。到了四厂南后门，回望过来，那些柱子已细如牙签，远瞧过去，本不相连的斜柱似乎又有交错，组成个六边形的样子。行，有了点意思，她想。

四厂的南后门连着仓库，铁门终日敞开，横着挡车杆子，两米见方的门卫亭里尚有人值勤。听见喇叭声，一个细瘦的保安懒散走出，穿着松垮的军绿大衣，在风里像杆破旗。他把挡车杆举高，问也没问，就放她出去。

车开出十几米，又倒回来。英子摇下窗户，攒手呵两口气，递出来照片："这是你们厂的人？"

保安瞅了又瞅："是有点眼熟。"

亭子里又出来个保安，二十左右的小伙，下巴的小胡子在风里歪向一边。

"这是外联主任老谢呀，你能不眼熟？"

英子转了脸问他："那这个老谢，人还在厂里吗？"

"这么晚，厂里人早走空了呀。"

"那这个老谢住哪儿，你知道吗？"

"不知道呀，这么晚了，你找他有事？"说罢两人互看一眼，一通窃窃地笑。

“别嬉皮笑脸！”

呵斥来得截然，“小胡子”即刻收了笑：“老谢是四厂跑接待的，不用坐班，白天也不好碰见。”

另一人搭话：“是啊，你找他干吗？”

“西城派出所的，过来查点事。”

“今天是见不着了，不过明天上午咱厂里有周例会，老谢肯定过来，你到时候一堵一个准。”

“行，知道了。”英子松了刹车，抱着方向盘往右打。

另一人好心叮嘱：“拐了弯开慢点，前边有个坑。”

车拐了弯，英子放慢速度，瞅准那坑的位置，耳畔听到俩人一通笑罢的闲聊：

“虎，这女警真是太虎了。”

“虎是虎，啥女警，什么妖话你都信？我就没见过头发那么长的女警……”

一声声地听来刺耳，英子挂了倒挡要回去呛他们两嘴，想想又放弃了，无非两个打趣的小孩，犯不着。挂回挡位，一脚踩下油门，车像只蛤蟆似的朝前一蹿，呼隆一声轧进坑里，熄了火。储物柜里一声巨响，咕咕噜噜的声音许久才停。再也按不下好奇，拿钥匙割开胶带，趴上去检查，见侧壁挡板上裂了个豁口。伸了手往里摸，探到几截带尖的圆柱，粉笔粗细，攥出来一个拿到鼻子下细看，竟是一颗子弹……不懂了。

再往深去探，指肚子摸到凉冰冰一个东西，带着窟窿眼，弯且硬，拽不出来。拔牙似的钳紧了又拧又晃，那东西就脱落下来，掏出来心里一阵响：是把枪，五四式，枪身生了大片红白色的锈。

像见着个老友，这枪再熟悉不过，却又添了些新鲜的陌生感。

时光猛退十数年。念初三时，英子性子叛逆，与同班的大姐头混成校霸，一次筹划群架，还没出门就让保安逮住。校方叫来家长，给了停课两周的处分。回家后也不悔改，先是绝食断水，其后收拾几件衣服，打包了录音机，又塞进一盒磁带，扬言要离家出走。那天老马正在去镇里办案的路上，接到消息把呼机摔个粉碎，一声不吭跳下车去，走了近三十里山路，跨进客厅直接拿枪顶上英子心口。知道没开保险也卸了子弹，她还是吓得大病一场。这事罢了，父女俩打了半年冷战，好不容易缓和下来。忽然有一日，老马的枪竟丢了。老马疯牛似的把家里翻个底儿掉，却死活找不着，执意认为是英子给藏了起来，把她关进书房里审罪犯似的一通逼问，其间还朝脸上刮了两巴掌。英子最恨叫人冤枉，从此心就碎了，变得沉默寡言，不能看到与枪有关的字眼。枪没找到，幸而一直没有伤人记录，可见并未流落市井。老马被记大过，几年后就从局里提前退了休。

如今枪从车里找到，一股委屈涌上来，就落了泪。

一路加速回去要找老马对质，到了小区门口又犹豫了。老马本就怀疑枪是她藏的，虽说隔了数年，自己真的拿出来仿佛又坐实了，说不清楚只能平添不和。想到这层，她把枪收进包里，计划先跟母亲商量，再看怎么处理。

家里吃饭越来越晚，老马下了挂面，留下一碗给她，已结成坨，拿筷子一抄，带碗从桌上抄了起来。

“我妈呢？”

“先睡了。”电视播着雪花，老马头也不抬。

“十点就睡了？又吵架了吧？她更年期，叫你让着点，你怎么老不听！”

“她这人就是，越惯脾气越大，”老马关了电视狠摔遥控器，电池破膛而出，“还有你！你这一天月尾接月头的，忙啥去了？”

“没忙啥，瞎忙。”

“所里的事不该你管的别管，省得到时候办不好事，再落个处分，费力不讨好。”

“都说了，不是所里的事。”

“我也懒得管你，管不动。快吃吧，吃了回屋睡觉。”

“这一坨，叫我怎么吃？”说着把筷子竖着插进碗里，捧起来给他瞧。

“不吃就把碗放那儿！别两手端着，你这是给谁上供呢？”

放了碗，把手伸包里，摸到两粒子弹，这档事不知是否该提。

老马还要迁怒："愣着干吗，去洗了脚！"

"还饿着哪，睡什么睡！我出去吃！"

凳子还没暖热，人就摔门而去。

小区门口两排苍蝇小馆，大都歇了，只一家"老象城牛羊汤"开着夜市，招牌在风里闪烁。旁边是"张九理发店"，有客未走，还开着半扇门。进"老象城"要了一小碗羊汤、一块吊炉烧饼、半份护心肉，才吃几口，头发就从肩膀滑落，泡进汤里。英子摔下筷子，结账去了张九理发店。

洗罢头，伙计撩了她两绺头发，问："染色还是烫卷？"

英子把手往耳垂下比画："从这儿铰，给我铰短。"

今日值班，内搭穿了警服，看到窗外零散飘落的小雪，就把大衣重新套上。所里没人，先把火炉生好，坐上水壶，取出照片一张张细看。想这靳娜真不简单，在象城勾三搭四，留存这么一摞照片，不知用来干吗。再翻到老谢的几张，大脸盘子蛤蟆镜，一张张看下来有些烦腻，不知从他口里能得到什么线索。看表时间正好，刚要动身，巡警小孙过来了，身上竟没落雪，兴许是在院里掸过。

"嗬！英子，你这造型，精神哪，我差点没认出来。"

英子慌忙把照片收进信封："哎，怎么就你自己，其他人呢？"

"我昨晚坐夜巴回的，他们还在路上。跟你说啊，这回可没办成事。"水还未开，小孙把火炉朝远了提，再折回来，"瞧这大火炉子，你就那么冷？"

"你们怎么了，就没办成事？"

"嗨！铁定是那边走漏了消息，害咱们换俩地蹲三宿，硬是没逮住一个人，"小孙正抱怨着，看到那信封，拿起来问，"这是啥？"

"没啥，"英子一把抢回来，塞进包里，"正好，托你请个假，我有个急事要出去。"

水开了，小孙往暖瓶里蓄水："别，大队眼下就到，一会儿还有检讨会，我不惹这麻烦。"

"说了是急事！就托你了！"

顾不得他反对，大衣也忘了带，就逃出门去。

上车驶出大院，所里的车队迎面开来，幸亏剪短了头发，再把围巾往上提，就没被他们识破。一路开到四厂，正巧散了会，人从会议室鱼贯而出，一张张生脸挡着生脸。她拽住一条胳膊就问："外联主任老谢在哪儿？"

"找我有事？"

给惊到了："你就是老谢？"

那人转了身，一张福气的脸，从西装口袋里取出个眼镜盒，打开了，一副浅棕色的蛤蟆镜挂回脸上，就与照片上无异了。

“是，我叫谢政。”

英子引他到走廊尽头，低头翻包，透窗往下一瞧，那辆老破车斜占了两个车位，车顶覆了雪。

“啥事？”

“问你几句话，”取了信封，找到靳娜的独照抽出来，“认识吗？”

谢政接过照片，看着笑了：“认识，这是果儿。”

“知道人在哪儿吗？”

“这就不知道了，”谢政说着把照片还回去，“跟她呀，早没联系了。”

“听说，她剐过你的车？”

“嗨，别提了，这女孩不好惹，凶着呢。”

这谢政倒是坦白，就不必取出合影对质，英子继续问：“怎么回事？”

谢政指着那照片：“这人呀，就是个骗花！见着个男的就朝身上贴，跟她还没处两个月，忽然就说自己怀了孕，从此变了脸，完事就是一通骚扰。我是自己看走了眼，端上她这屎盆子——这人狮子大开口，张嘴就给要五万。我嫌麻烦，给了她一万块钱了事——”

“一万这事就结了？”

“就她那性子，自然还是不依不饶，打电话、寄照片什么的，花招子没完没了。我是真烦了，就跟她明说，这事我不怕叫旁人知道，由她去闹，事大了不一定谁吃的亏多。这么一来硬的，她就服了软。要不就说这人厉害，当面谈妥抹平了，她给一张好脸，回头就剐了我停店门口那车——那是接待车，三厂四厂搞接待都用得着。这么说吧，就单是修那棱子剐道，我自己垫了三千多块。”

“然后呢？”

“然后？然后就没联系了呀。”谢政回过神来，“怎么，她这是又惹事了？”

“惹没惹事不知道，人找不着了。”

“找不着了？找不着是什么意思？”

“找不着就是找不着，还能是什么意思？这已经第四天了。”

“那我就不知道了。她不是本地人，那么野性一女的，中国那么大，没准蹿哪儿去了——”他忽然回了头，有些后怕似的，“您该不会怀疑是我把她……”

“放心，这倒不会。”断定与他无关，线索就这么断了，三天白忙一场，心里不服，“对了——”英子低头翻包，取出张照片，问，“那这个人呢，你见过吗？”

“这不是车间老王吗！”谢政手指地面，意指就在本厂，又恍然大悟似的凑到英子耳边，“这照片瞧着——他不会是也跟她……不能够，老王我熟，老实巴交一人，不是这作风呀！”

“这事你别臆想，”谢政眼毒，不该让他瞧见太多，英子收回照片，“那再麻烦一回，你带我去车间见见这个老王？”

“那你见不了了，他昨儿刚请了假。”

“请了假？”

“是呀，那会儿我也在厂长屋里坐着，亲眼瞧见，”他又迟疑了，探头过去，压低了声，“请的是探亲假。”

英子着急了：“厂里有他家的地址吗？”

“有啊，具体门牌号你得跟我去人事那儿问。”

拿了地址，也顾不得冷，飙车似的闯到四厂家属院。不过几年的建筑，已经开始掉墙皮，露出一块块紧凑的红砖。楼梯台阶窄得容不下一只鞋，悬着脚后跟，上了六栋三楼，找对门号站定，整理衣服时才想起忘了带大衣。冷风穿廊而过——走廊侧窗掉了两块玻璃。把腰带上提几寸，这才抬拳敲门。轻敲没有回应，想是人已潜逃，再猛捶几下，门就开了。门后正是王存，一脚踏上门槛，穿得干净朴素，真人竟比照片上斯文许多。走廊里放着两个拉杆箱，提上就能走的样子。

幸好给堵住了，英子想。

“你叫王存？”

“是。”

低了头翻皮夹，摸了摸信封又停了手，抽出靳娜的身份证，递过去问："认识吗？"

瞧了许久，像在寻思什么："怎么了？"

"人找不着了。"

英子朝房里观望，里头似有人正翻着抽屉，一声声空荡荡的细响。王存走出来，顺手把门带上，怕里边听到似的。

"找不着了？"他反问一句。

"是，还没确认算不算失踪，我就是过来随便问几句。"断定他藏掖着内情，就把话说得尽量随意，"还是那句，这人你认识？"

"算认识吧……"声音极低，往后瞧了瞧，又补充一句，"就打过几回照面，不熟。"

他这谎撒得怯懦，似乎要骗取怜悯而非信任，像个闯了祸的小孩，这反而叫英子失了判断。本想拿出合照对峙，又觉得太早，这人正要出门，拿不准不好扣他。

"屋里还有人吧，是……"

"屋里？我媳妇。"

"我看屋里俩行李箱，你们这是要出远门？准备去哪儿呀？"已然问过了，又觉得冒失。

"杭州。"

"去杭州干吗？"

"旅游。"

“票买好了？”瞧他手里还攥着几张红票子，确实看到一个“杭”字，“几点的火车？”

“十二点四十五。”人慌了，瞅了瞅门，指着身份证低问一句，“她没出事吧？”

“谁呀！”门开了，门扇子撞过来，王存跳着躲开。女人拖着个箱子弯腰出来，一串钥匙在手里响。女人抬了头，戴着副偏光镜，白扑扑的脸上嘴唇涂得极艳，仿佛两片红柳叶印在纸上。

“这是干吗？”

“没干吗，”王存接了话，“人就过来问点事。”

“什么事能问到你头上？又不赶时间了？”

王存看着英子，似在催这事赶紧了结。

“都问完了，也没什么事，谢谢配合我的工作，麻烦了。”

道完谢，先他们下了楼，开了车急煎煎赶回所里。一路思来想去觉得不对劲，一股子兴奋不知为何而来，从关节缝蔓延开，裹了全身。若这事情真成了案子，那就可大可小，盘算一番，还是有必要告知张所。车开进大院，英子闯进所长室。看得出张所发过脾气，正抽着烟咳嗽。他有慢性咽炎，病根入了肺，眼角满是咳嗽逼出来的泪花子。也顾不上闲聊，就拣要紧的说了，让他赶紧派小孙去火车站截人。

听她一麻袋话豆子倒出嘴来，张所倒是冷静：“说完了？”

“差不多吧，我看小孙还在院里，你还不叫他赶紧去？”

“去哪儿啊，哪儿都不去！”刚消的气又返上来，一边咳嗽一边摇头，“这是你该管的事？我看你是太想破案了，听人撒个谎，就断定是犯了事？没这说法。”

英子也急了：“没犯事他至于这么瞒着？我是几句话说不清楚，你好好想想，这事得串起来看。他俩本就是情人，王存嘴上说不认识，这倒也能理解，不愿提罢了。不过靳娜人刚失踪，他就要往外跑，嘴里说是旅游，却又请的是探亲假。你再好好想想，再想想，问题就在这儿。那靳娜是个骗花，既跟王存断了关系，还留着照片，就是必然讹了他的钱。再瞧他住那破楼，要是刚剜出去几万块钱，哪还有心劲去杭州旅游？反过来想，他要是没给她钱……”

“没给怎么了？”

“没给就说明里边有事呀——非要我说是他绑了人，害了人？你怎么还不明白！”

“明白什么呀，你一个内勤懂得比我都多？”站起来刚要数落，瞧见她通红的脸，想起调剂那档子事，知道这话揭了她的疤，消了怒坐回去，“人你见过了？”

“不是说了吗，刚见。”

“既然那么肯定，你干吗不直接把人给带过来？”

“我带人？”英子挂上一脸严肃，“我也是路上捋顺了这些个情况，想着还是应该赶紧截住他。人跑了，出了城，再出了省，那就不好办了——这事还得你安排。”

“行行行，你容我想想。”

院里一串踩雪的响，咔嚓咔嚓走到门口。“还真在这儿，事办完啦？”小孙撩开帘子，脑袋钻进来，“英子，院里那是你的车吧，车门开着，也不知道熄火？”

英子顾不上小孙，还要给张所耳朵里鼓风：“你还想什么呀，这都几点了，再不去就真不用去了！”

“这是谈啥大事呢？”小孙又插一嘴。

“都别吵，容我想想！”

屋里安静下来，剩下絮絮的落雪声，烟头戳进倒了水的烟灰缸里，哧一声惨叫，死灭了。

“你说的也不是没道理，情况确实是这么个情况。”张所抬了头，“可人家车票都买了，从象城到杭州，得两三百块钱呢。”

“好办，你叫小孙安排，先把票给他退了。”

“还有我的事？”小孙跳进屋里，也来了兴趣。

张所没言语，英子迈近一步：“退不了我给垫了还不成？”

“别说这话，要是真冤了他，这钱也不用你垫。”张所一拍大腿，山一般站了起来，“听你一回——那个谁，小孙！赶紧地，你从队里挑两个人，去火车站给我截个人过来。”

事情安排妥当，临发车了，小孙犯浑，不让英子跟去，说是给车腾空，回来还要多一个人呢；只是讨一张王存的照片塞兜里，就开车奔了火车站。此间瞧英子心急，就让她去座机那儿等着，不管截没截到人，都会先给个电话。

小孙带人出了大院，英子坐回自己那辆老破车里，熄火拔了钥匙，躺下点了根烟。雪未停，云间渐渐破了个洞，把太阳露出来。雪飘在日光里，像一团团火山灰。

忽然就暖了，好似满世界都摆着火炉。英子拔掉手套，发现自己的指头很细。

回大厅盯着座机，不一会儿，张所也来了。二人沉默着，才过半个小时，就攒下七八个烟头，烟胡子在中间堆成个乳房的形状。十二点过了五十，火车已经开走，小孙还没消息。张所红了脸，气急败坏站起来，刚要开口，电话响了。

英子下手快，捉了话筒，张所就把耳朵凑上去听。

“是西城派出所吗？”一个女人，听来耳熟。

“你是？”

“是不是西城派出所？”

“是。”

“好，我要报案。”

“你说。”

“这个月十七号晚上十点左右，我在平江路上看见一起车祸。一个女人穿马路，叫一辆红色桑塔纳撞飞了，人伤得不轻，肠子都流了出来。车上一男一女，想是慌了，就把人拖到杏子桥底，埋了。你们去看看吧。”

张所抢过话筒：“十七号？这都四天了，怎么现在才报案？”

那头已经挂了电话，回拨过去，无人接听。

张所在一旁嘟囔，她已听不进耳：车祸，十七号晚上，一男一女——想起小霞打完电话在路上走着哭，还有王存手里的几张红票子，原先的自信轰然倒塌。添上这些碎片，如何拼凑都不规整，或许说的不是同一件事？在这节骨眼上，脑子里竟又奏起交响乐，让她无法思考。她右手直颤，探进裤袋里，掏出钥匙便抢出门去。

车出了大院，一路上与红灯闹别扭。英子沿平江路赶到杏子桥头，下车看着覆雪的河床，不敢走去桥下确认。鹿卫河宽过百米，水浅，汛期水深不过腰，裸露出大面积的河床，散落着许多牛粪羊屎。终究还是要去，脚踩到河床上，雪下即是细沙，一步下陷半寸。到了桥底，果见一堆堆被人翻过的沙土，组成个一人多长的瘦椭圆。英子捡了根竹竿，均匀地往土里插，也不费力，每一下都畅通无阻，并不像埋着尸首。

她放开胆子，顾不得再寻他物，就下了手去刨。土坑几乎全部豁开，见了底，一星血迹也没得到，再刨到边上，摸着硬硬一个东西，有圆尖有皮带。提溜起来，是只灌满了沙土的高跟鞋，是右脚那只，红艳艳拎在手里，像只刚剥掉皮的死兔子。环望四处，白茫茫的银色世界不能给人一点提示。再朝远看，过了杏子桥就是郊野，只一处荒庙似的破屋，扎了圈新篱笆。几只肥羊像是雪人活了，一根根细腿支撑着棉花似的身子，站在一廊子破篷下哈出团团蒸汽。

秋 风

中秋过后，天空整日行云走马，日头越落越早。许力从车间走到四厂北门，就那么三五分钟，金灿灿的晚霞便暗淡下去，变成乌青色，像一团团浒苔漂悬在天湖里。

许力看一把手腕，正巧六点过半。

走在街上，北风冻手，骑车的越来越少。好似全象城的市民都下了班，公交站像一穴穴蚁窝，人挤着人黑压压地爬。三松巷口北站更甚，站大，又挨上百货大楼，人凑成团，团挨着团绕，像一盆水沸着。许力走来，在人群里踮几下脚，狐獴似的朝远处打探，终于在路灯下寻到赵辛。

许力冲她招手，没招几下，路灯嗡一声过了电流，开了，把赵辛打亮。许力走近，一句未说，就招来赵辛的埋怨："你低着头走过来就行，非摆什么手，都叫人看见了。"

“打个招呼有什么见不得人的？”

“见得了人，只是不想叫熟人碰见咱俩一块儿。”

“放心吧，碰不见熟人。退一步说，即便碰见了又怎么着，谁会在意你跟谁见面？”

“是没人在意，也拆不穿咱们。事不是这么个事，”赵辛摇着头，“不管碰见谁，只要随便打个招呼，我都只能撒谎——我不想再撒谎了。”

“行吧。”嘴上这么说，心里并不服气，朋友见面吃一顿饭，用不着撒谎。

“从现在开始，暂时别跟我说话了，走吧。”

“都听你的，来，这边。”

走路也不顺意。赵辛非走许力身后，许力又想与她并排，各持一端执念，就这么一走一停，他停她也停，像同极的两块磁。再停一次，赵辛嘴片子不动就出声催促：“赶紧走啊！”

许力终究拗不过赵辛，就大步迈开。听她在身后的脚步，越跟越远，怜悯上来，后悔给大家惹来这麻烦。

一个月前，赵辛忽然跑许力家来。这女人喝过酒，脸蛋绯红，满嘴啤酒花味，说是聊心的姐妹去了亳州，自己心里憋了个疙瘩，只好前来找他倾诉，顺带核实件事。不知是要核什么，许力疑心她与王存吵了架，自然劝和。没说两嘴，赵辛就打了岔，直言王存在外头偷了人。今日说是车间加班，果然一核实，这边许力早已到家，车间管事的都走了，他王存加哪门子班？聊到中间湿了眼眶子。许力还要替王存洗脱，辩解自己是下了班，车间或许还在赶工；所谓偷人，不能单靠怀疑，要端出证据。赵辛憋回眼泪，开始把话说得露骨。证据？她有，拿出来并不好看：其一，往日加班，王存从不提前告知，完事理直气壮，将军凯旋似的；现在每次都提前打来电话，声音阵阵发虚，像个间谍。其二，近日里，晚上办起事来，王存忽然在她脚腕子上花了不少力气，莫名其妙；不信这块木头突然有了想象力，定是在外头招了腥荤，还把花招子带回家来。话烫了许力的耳根子，他不敢再问，她就主动继续：不仅办事顺序大乱，到中间又停下来，要她自己主动，像在使唤妓女，过分至极。

她既铁了心，许力也不好再说，倒了杯水放桌上，正组织措辞，赵辛忽然滴滴答答地哭。这女人平日莽撞，像是没生泪腺，有次许力在饭桌上调侃王存，过分了，叫她半碗醋泼过来，至今记得那进了鼻孔的酸。如今赵辛这么一哭，像狼掉了泪，倍显可怜。许力搭上她肩膀，赵辛的手又搭上许力的手，肉贴了肉再贴一层肉，事就稀里糊涂发生了。

倒好，王存的事还没落下实锤，他俩就先作了恶。

这次约见，两人一前一后地走。过三道街，再折进巷子拐两拐，就到了那家“六块吃菜，十块吃肉”。这里本是一处盒饭餐厅，生意惨淡，招牌也懒得换，就直接改卖烧烤，食客渐多，濒死的店铺就这么活了过来。走到门口，赵辛有些犹豫：“又是这家？”

“才第二次来。”

“你说，老板会不会认出来咱俩？”

“想那么多不累？人家一天见几百号人，会记得咱这两张生脸？”

进去坐下，也是奇了，点罢小辛爱吃的那几串肉，轮到许力自己，除了羊眼，其他一概断货。啤酒先上了，常温，桌上一根空绳，另一头没找到起子，许力就下嘴啄开瓶盖。

“天凉了，你稍喝一点就行。”许力倒了近半杯，撤回瓶子，推杯过去。

“还没凉透，”赵辛拉开拉链，里头穿件修身毛衣，腰腹似乎不如夏天瘦了，“天是忽冷忽热的，太阳一照就冒汗。”

“那也少喝一点，你沾酒精上脸。”

赵辛把酒加满，灌下两杯，脖根子泛红，渐热了。许力也喝了两杯，酒瓶子下去一半，刚要开口，肉串上了桌，油还嗞嗞跳着。

赵辛拿了串，心不在焉地啃：“这次叫你出来，是要跟你说明白——吃完了这顿饭，你是你，我是我，咱俩啥事都没有。”

许力竟有些失落：“什么叫啥事都没有？”

“那回只是意外。”

“还有南郊那两回呢，也算意外？”

“你老惦记着这些干吗？”

怒了，一拍桌面，板凳受了惊，朝后一退。赵辛刚要起身，许力按她肩膀，便又乖乖坐回去。这么一闹就走，结束得并不干净，留着截尾巴还是麻烦。

“他能对不起我，我不能对不起他。”泪掉下来，赵辛想起王存，这人真是可怜又可恨，“他没几个朋友，就你一个人能多说两句话，你不能对不起他。”

反倒教训起自己来，许力不服：“若他那事是真的呢？”

“无所谓了，”又低下头，仿佛在跟那串五花肉说话，“要是真的，我俩谁都不冤。”

早料始乱终弃，只是不想这么快。上次南郊碰面，赵辛说话就极书面、客气，也不与他同拿一只杯子喝水了，那时就大约知晓了她的意思。如今挑明，不能强留。赵辛脸上的泪痕走得弯，不好看。许力抽了张纸，给她拭泪。赵辛躲了。

“行，就照你说的办，我怎么都行。”

再把纸往前递，让她自己擦。赵辛又自觉把脸凑上来，许力就小心翼翼操作。泪还烫着，逐颗逐颗掉，纸一湿透就成了张馄饨皮。

吃罢散了场，走到巷口分道扬镳，各回家去。

次日到了四厂，得知昨晚谈下一批新货，日本东西，往美国出口。这类货价格好说，就是活儿不好做。时间紧，质检严，光装配说明就写满好几页纸。许力签了合同，把沉甸甸一摞说明书递王存手里，对方一句不吭就回了车间。隔着玻璃墙缝，见装配工人围着王存站成一圈，正研究开工方案。王存脾气渐大，刚上班两小时，就吵哭了一个暑假工。天确实冷热不定，室外没风，太阳一晒，车间里就闷热——偏又赶巧，四厂停了电。老李脾气倔，不肯到一厂借车间，只好拿出万事不求人的四厂精神来煽动，鼓励装配工迎难而上，先干着活，这边线路马上就能修好。安排妥了，没人给话，知道都憋着怒。人群里忽一声“×”，不知哪张嘴里发了句牢骚，气得老李红了脸。他强挂着笑回办公室，关上门啪一声摔了扇子。

王存办事任劳任怨，本来盯着就好，他偏要帮着搬箱子卸货，不一会儿，额上就淌着小溪似的汗。车间越来越躁，气氛不好，工人嘴里牢骚不断，王存也乏了，丢了箱子又过来吵。吵到一半，心就起了毛，想起昨日赵辛的话，许力伺机问了一嘴：“最近叫人勾了魂？昨天一下班就找不见，你干吗去了？”

问罢就后悔了，自己和赵辛的事已经放下，何必这时多问。

“我干吗去了？这话啥意思？”王存驳回来，似还咽下半句。

来往的两句都没头脑，二人正僵着，电扇转了起来，车间一片欢呼。

平日六点半下班，这回忙到近九点，封了箱，货算验收了。

送货上了车，老李扭了扭腰，一阵细碎的骨响，说要请许力吃饭。二人到街上盘算几句，到底还是去了老李常吃的涮肉店。许力拿起菜单，未看就被老李夺去撇到凳子上，听他嘴里吆声“照旧”，一屁股压上凳子。老板配合默契，拿夹子在瓮缸里翻拣，捞一斤羊蝎子炖在锅底，又从柜上摘下半瓶白酒，胶带糊着的标签上写了老李的名字。半筐青菜，一盘厚切羊肉，一份炒米分两盘装，利索端上来。许力这才觉得肚子打瘪，炖锅端上桌，也不涮了，一整盘肉推进锅里。

这顿吃得好，九分饱了，酒也微醺，嘴里还有肉香。回到家里打开电视，外头起了风，刮得天线往墙上拍，天气预报画面直晃：“预计未来五天，经过我省中北部的冷空气将有明显加强。在这股强冷空气的影响下，我省大部地区的气温较往年同期会明显偏低。而同样值得注意的还有……”电话响了，按下静音，播报员失了声，挥着小白棍在云图上敲敲指指。许力拿起话筒，喂了几声没人应，想是打错了，刚要挂，那头冷冰冰给了句话，是个女人：

“你跟赵辛的事，我愿意替你保密。”

即刻出一身汗，酒也醒了，不敢把电话拨回去。

晚上做梦，人在王存家里，把赵辛堵在卧室，两不开口，就这么沉默着较劲。突然楼下声声狗叫，知道王存马上回来，赵辛催他快走，许力却黏在椅子上动弹不得。一串脚步声，门把手咔嚓一响，郭艳、王存先后闯进来，许力就惊醒过来，把半床被子蹬到了地上。

熬了半夜，次日无精打采，眼角结出沉甸甸两块眼屎。

天还真就凉了下来，起了风，取件秋衣一股霉味，也来不及洗晒,直接套在身上。昨晚的电话说一句就挂,不知来者何意,就这么悬着，怕是一次警告。许力回到四厂车间，坐进办公室里猛吸烟，一盒拆开了，不过半个钟头抽掉一半。总算下了决心，跑窗口把王存叫过来。一开始就怀疑他知情，又不敢直接挑破。待王存进了屋，许力使出一通粗笨的试探，没得到任何反应。干脆和解也罢，就提议会帮王存升职提薪，既然昨晚为他邀了一功，那就不能浪费。许力这边好话说尽，王存那边不冷不热，也是让人恼火。正说着，来了通电话，喊似的接了：

“玩具四厂，你哪位？”

“干吗那么冲，知道是我？光听喘气就能知道？”

是昨晚那女人，脸上一麻，就把电话扣了。慌忙支开王存，门正关着，电话又响起来，一声声像刀攮进耳朵。

那头语气有些俏皮，听来叫人愤怒：“你再挂我一回试试？”

“你说吧，想干吗？”

“刚才那么着急挂电话，办公室有人？”

许力恼了：“我跟你说，你别来这套——”

“成，我换一套。”

那边挂了，留他一人举着话筒，愤恨里掺杂着惊惧，把刚点的一根烟按灭，压成蛇形。不过几分钟，算工资的女孩跑过来，两把指甲涂得鲜红，像刚挠烂过一张脸，说有电话打进财务室，要找许力，又不肯打分机。许力踉跄着跑过去，路经车间，绊了一跤也来不及看。

接了电话，马上压低了声音：“喂？”

“这回能好好说了吗？”果然还是她。

“你打到这里干吗？你还打刚才那个电话，咱俩好好商量。”

“成。”

那边挂了，许力还没回去，业务办公室里的人就喊他去接电话。许力又跑过去，办公室里三人都坐着，失了语，齐刷刷瞧过来。许力拿起电话，刚喂一声，又把听筒紧贴着耳朵。

那边一通笑：“跟赵辛的事，你认不认呀？”

“我认。”

“对呀，做了就得认。”

“是，是。”语气里只剩下唯唯诺诺。

电话又挂了，重新打到装配调度室，许力只能满车间跑。

“刚才旁边有人吧？瞧你态度好多了呢。”

“是，是。”

“看来这次也有呀。”

“是，是。”

再挂一次，又打到包装组，电话就在车间的一间小室里，仅用泡沫板隔开。许力攥着话筒，听那女孩说：“我听说，你老婆郭艳，跟三厂蒋厂长是老表？”

“是，是。”

“裙带关系呀！那我又得替你多瞒个人了。”

“是，是。”

又挂一次，就没了动静，许力站车间里空等着电话响。组装工瞧他脸色不好，也都不敢闲聊，各自干活。过好久，外联处老谢跑过来：“你去我那儿接个电话，回头记得把门给我锁上。”一串钥匙砸桌上，人就没影了。许力捉了钥匙跑过去，接上电话。

那女人竟抱怨：“你们厂怎么那么多分机？打不完了，打不完了。”

“你到底想干吗？”

“看来这回没人呀，又给我吊脸？——那我再打去那个什么调度室？”

“我告诉你，那都是过去的事了，已经结了。”

“你是结了，要不我去告诉王存，顺带跟你老婆也说说，你看他俩结不结？”

“你别跟我抬杠，我问你，你是不是已经跟王存打过电话了？”

“你当我是什么人？说了会瞒着，就会瞒着呀。”

“你到底想干吗？”

“不是说了吗，我呀，就想帮你保个密。”

“直说吧，是不是想要钱？”

“说什么呢？要钱？那是犯法的——是借钱。我有急事，放心，回头一准还你。”

“你要多少？”

“不是要，是借。”

“行吧，你借多少？”

“八万。”

“八万？”

那头挂了电话，当日再没打来，车间只剩传送带响着。八万是个大数，今年买罢车，户头剩下不过五六万。买车时动了笔三万的死期，没存够两年期限，银行扣下利息，郭艳恼了，跟前台大吵一架。事情闹得大，还登了次日的晚报。事后郭艳赌气，就把存款都取出来，锁在了自家衣柜里。许力回到家里，开了衣柜，摸一摸放保险盒的暗屉，果然上着锁。

当晚屡做噩梦，第二天摸黑起床，车开上街，满耳朵车铃似的蟋蟀叫，街上聚了一撮撮蝙蝠忽忽闪闪绕着路灯。进厂停好车，又出来，钻一家店里喝了碗小米粥，再塞下俩包子，天就渐亮了。吃罢去了车间，工人基本到齐，挺欣慰，又见他们围着条传送带，都耸着肩头笑。

“挤成一团闹什么，不干活了？”

骂一嗓子走过去，人群急忙躲开一条道，瞧见一束花红艳艳地躺在传送带上，心头立马猛跳。透过塑料纸看到张卡片，写着“许力”两字，就慌张掏了卡片，双手合十夹进手掌。

“这是谁送来的？”

没人给话，人还围着，许力就慌忙进了办公室。一路上花拿倒了也不知道，刚走两步，水就洒得满地。花束撂上桌面，红艳艳的花朵抓着眼，看着来了气，攥起来隔窗扔进垃圾桶。回头再瞧那张卡片，字写得潦草，爬爬蹅蹅的，半猜半读，凑出一段话：

“这花你拆两半，分两盆装。还是昨天说的数，同意了就摆一盆到你家窗台。钱够数了，再放一盆到窗台。”

读罢一遍，电话就响了。经昨天那么一闹，竟开始惧怕电话铃，迟迟不敢去接。

“你好，四厂车间。”

“好什么呀，不认得我学校的号了？”那头是他老婆，郭艳。

“忘了看号了，你怎么打厂里来了，有事吗？”

“天凉了，你也不知道给我跟小柒送点衣服过来？”

“没顾上——我中午请个假，挑几件给你们送过去。”

“你别请假了，我晚上没课，正好回去一趟。”

傍晚回家，哪户炖着菜，走廊里一股肉香化不开。客厅灯亮着，油烟机嗡嗡响。郭艳已经回来，在厨房调着凉菜，手里端个铁盆，筷子在里头一下下捣，看到许力，就夹了片菠菜递过去：

“来，尝尝味。”

许力把菜叼进嘴里，咸味压得舌头朝后缩：“盐放多了。”

一股酒味扑进鼻孔：“喝酒了？”

“就喝了一点——小柒没跟你一块儿回来？”

“他回来干吗，就拿两件衣服。”

菜拌好了，一片黄瓜逃到灶台，又被夹回盘里。许力木在沙发上，郭艳就走过去：“怎么了，有事？”

“没——这几天厂里单子多，人都乏了。”

郭艳解开围裙，两手捏许力肩上，胡乱揉搓几下，再一拍：“行了，不乏了！”

“锅里炖的什么？”

“鼻子不灵了？萝卜牛腩呀。”

肉盛好了端上茶几，给许力用的海碗，半碗菜半碗汤，实实在在。他心里有事，嘴就尝不出味，却还是堆上笑，一块萝卜一块牛肉地朝里塞。饭罢抽了根烟，顺手推开窗户透气。凉风吹进客厅，不过五分钟，郭艳就嫌冷了，又把窗户关紧，拉起窗帘。许力咬了咬嘴唇，隔着窗帘缝隙朝下望去。家在二楼，窗口箍着蟒蛇似的一排雨水管道，从楼顶直探到一楼的草坪里。

“你明天几点回学校？”

“五点半吧。”

“哦，还是这个点。”

“没辙呀，早会不能缺，要扣全勤。”

说着又点上根烟，把窗口的插销抽开了，没再推窗扇。

“你别抽了。”郭艳从许力嘴里掐下烟卷，拽着衣角把他扯去卧室。

半夜过了一点，女人睡沉了，打着轻微的呼噜。许力侧躺着，脑袋下边垫着手腕，听到一声声脉跳。这晚死活不敢睡觉，熬到两点多，听着鞭打驴腚的风声，就迷迷糊糊合了眼。惊醒过来时已经过了四点，把手臂往一侧搭，发现郭艳的被子瘪了。再瞧远处，她正穿着睡衣站在门口，一脸惊恐，手里攥着把扫帚。许力翻身坐起来，尚未开口，就听郭艳嘘了一声，暗暗指了下客厅。

许力下了床，把郭艳挡在身后，拉开门缝探出头去。

客厅里刮着过堂风，一片凌乱，衣柜也被人打开了。再往前看去，窗户开着，窗帘在风里飘卷着，窗口还挂着半截黑魆魆的身子，能辨出肩头和脑袋，正小心翼翼地往外爬。看到这些，头皮马上一紧。许力正盘算着对策，这工夫，郭艳倒是抢先一步，猛冲过去拿扫帚朝窗口一捅，那影子哎哟一声，就跌下楼去。

许力也跑过去，拉开窗帘朝下观望，一个人影正直挺挺地躺在草皮上，摔死了似的。

郭艳吓得失了声，转了脸呼呼喘着气："招贼了。"

许力扶她坐下："你在家里别动，我下去看看。"

拎着扫帚跑到楼下，风吹得喘不上气。草坪空了，远处一个人影瘸着腿跑出大门。许力不敢去追，任凭他跑到街边，发动一辆摩托车刺入夜色。

回到家里，郭艳像个破麻袋瘫在地上："人呢，逮住了吗？"

"跑了。"

郭艳马上就哭起来，说："装钱的保险盒，叫那个贼给拿走了……"

许力走到衣柜前，见那暗屉虚掩着，锁上挂着根回形针，就回来拢了她的肩膀："人没事就好，这事我去想办法。"

过了五点，窗外的夜空破开一团晨曦，雾蒙蒙地摊在大路尽头，许力发动汽车，送郭艳去学校。一路上听她啜泣，许力就要宽慰一番，说这事报警没用，等郭艳到了地方，自己马上就去找帮手，还把听来的谣言摘来应付：象城的小偷、混子都分着区，黑白两道上也有派系，找对了人，自然能一分不差地把钱讨回来。话说到这份上，她就收了泪，眼巴巴瞅过来，瞻望英雄似的瞧着他，问能保证找对人吗？这么一问，许力反倒慌了，说试试看吧，实在不行，也算散财挡灾。听到这话，郭艳又开始掉泪，假使讨不回来，损失这么大一笔钱，本不就是灾么？

送完郭艳，许力一路赶去城南，把车停到一家破烂的自建房前，急煎煎上楼捶门。

迎门的是个女孩，二十来岁，虎里虎气的，手里攥个苹果，穿着短半截的皮衣，染了一头红毛。不等许力问话，她就转了身，用公鸭子嗓朝屋里喊了一声："来了！"

屋里沙发上陷着个男人，一条腿伸直了，架在凳子上，卷着裤腿，与那女孩挺像，也染了刺眼的发色。这男人叫黄斌，以前在四厂打过工，手脚不干净，偷了厂里不少东西，后来叫保安逮住揍了一顿。幸亏许力仁厚，叫他赔了损失，就没扭去派出所。后来许力才知道，这人是个惯犯，从未金盆洗手。

许力进了客厅，拎了个凳子坐下，上来就气急败坏地指责道："她又是谁？不是说了这事就我们俩知道吗？"

女孩翻个白眼："你就当我是他养的猫。"说罢伸个懒腰，蜷进黄斌怀里削起了苹果。

许力不接她的话，凑到黄斌面前抱怨："说好了两点，你怎么四点多才过去，人都睡醒了！"

黄斌有些爱答不理，斜着眼说："事给你办成就行了，管那么多干吗？"

“办事不牢靠，我就不该找你。”

那女孩听不惯了，把刀子攮进苹果里，插一嘴：“你这人有意思，拿自己家东西，还要用偷的。”

“这事我跟你说不着！”许力瞪她一眼，又指了黄斌的鼻子，“你还没一点正经？瞧那情况多危险，怎么就没摔死你！”

女孩儿脾气怪，不知搭错哪根筋，削了一半的苹果带着刀子扔过来。许力还没反应过来，左颧骨上一声钝响，紧跟着一阵疼，硬币大小的一个肿包轰隆隆鼓了起来。

黄斌在一边笑，掐了那女孩一把：“苹果是给人吃的，你别闹。”

“×？”许力被打蒙了，反应过来，捂着脸骂：“你把那盒子给我，以后没你事了！”

“先等会儿，”黄斌抬抬腿，哎哟了两声，叫得不能更假，“你老婆厉害，我给你办这事，腿差点给摔折了——这算工伤吧？”

“沙发缝里给你塞了一千块，你没拿吗？”

“拿了——你没听明白吗？受了伤就得加个价，多收点工伤补助也算合情合理吧？”

许力发起怒来：“少来这套！忽悠谁呢？你快把那东西给我！”

“到底谁忽悠谁？”黄斌也不再演，一脚踹翻了凳子，“昨天只是说偷个盒子出来，你怎么不说那盒子里放的是钱？五万多块！偷他妈这么多钱，逮住了要判多少年你知道吗？”

许力泄了气，警惕起来：“你把那盒子撬开了？”

“那盒子不经摔，隔窗扔下去就已经快散架了。”说着从沙发后拎出个零散的铝盒子，递过去。

许力捧着空盒子问：“里面的钱呢？”

“帮你收拾妥了，还替你点了点——小葵，你给拿过来。”

“一共五万六。”那女孩接了话，说着跷了腿，从屁股底下拿出俩信封，“这是四万，给你。”

许力打开信封，搓了搓票子：“那一万六呢？”

“要就要，不要就全都留下。”黄斌伸手过去，许力慌忙把信封夺回来，装进了口袋里。看这反应，黄斌就开始鼓掌：“哎，这就对了！”

许力还是不服，说：“我这脸上也挨了一下，你再给我一万，那六千给你。”

黄斌开始为难，想了想，突然有了主意：“这事好办，你也给她脸上来一下不就完了。”

那女孩听了兴奋起来，蹦蹦跳跳一圈，绕回来，凑了脸让许力打。

到底被扣下一万两千块，只拿回了四万四，一整天都心里发堵，几番对着镜子组织借口，不让自己后悔。其间，郭艳来过两次电话，许力还得敷衍应答，让她尽量接受现实。直到傍晚下了班，这才真后悔了，坐进驾驶座里，引擎打响了，几乎想哭上一场。许力挂着砸伤回到车库，把两盆红牡丹取下副驾，沉甸甸抱进客厅，想起打电话的那个女人，真是愈发憎恶。龇牙走到窗台，把花随便一摆，又各挪两寸，摆齐放正，这才顺了些意。

晚上九点过半，那女人就来了电话："花我看见了，动作够快啊你。"

"你在附近？"

"我在平江路上，你过来吧。"

"具体位置呢？"

"西城区养老院知道吗？"

"不知道。"

那边想了想："杏子桥知道吗？"

"知道。"

"那你就去杏子桥，到时候我给你打招呼。"

"我车牌你知道？"

"我不知道，你告诉我。"

车开到平江路上，夜路空空荡荡，不过十几分钟便出了城。一路没见有人，想是错过了。再朝前开是杏子桥，果见路边一女人朝自己挥手。路上风大，裙子在胯下撕来扯去，七歪八扭的头发缠满脑袋。停车摇下窗户，不知该说什么。那女人不理他，踩着双红色高跟鞋，咯咯噔噔走到副驾，拉开车门，携着阵凉风一屁股坐下来。

“你来得真慢，我都快走回城了。”

“是你？”

女人正收拾头发，从胸口一绺绺往后撩：“嗯，是我。”

听她口音奇怪，问：“你不是象城人吧？”

她警惕起来，并了腿，凑近看了看：“你这脸怎么回事，摔了？”

“这你别管，我的事你是怎么知道的？”

“你审我？我不问你，你也别问我，钱呢？”

许力把信封递过去。那女人长得还算顺眼，白净，大眼小嘴，仅额头宽些，接了信封掂量一下，皱了眉。

“三万吧这是？”

许力再掏一个信封出来，那女人一把抢过去，撇到腿上：“你自己说，这够数吗？”

“一共四万。”

“你不能这样，借钱还不给凑够数？”

“我真没钱了。”

女人想了想，点两下头：“行，这回给你对个折，四万就四万吧。”

“钱给你了——”

还没说完整句，就被拦腰截断：“是借。”

“钱借给你了，事算完了吗？”

“这个你说了不算。”那女人说罢利索下了车，走进夜色里。

许力捏着车钥匙，没有去拧，悔成了恨燎上胸口：这女的嘴上不服一点软，话说得不明不白，好似打算讹他一辈子。她扭着腰在路上走，风大夜黑，渐渐看不清了，只听到高跟鞋一声声响。脸上一阵刺痛，许力拔了钥匙，把手探到储物柜，摸到凉冰冰一把扳手，心马上突突地跳。终于还是下了车，一瘸一拐地，从路边悄声跟去。自己也不清楚要做什么，只求稍有一丝改变，从她嘴里讨个干脆爽利的了结。猫腰跟了不过几米，那女人脚步一阵紧过一阵，猛地停下来，就开始朝马路另一边跑。“车！”许力张了嘴，尚未喊出声，已然迟了。豹子似的一辆夜车从路上冲来，伏击般，瞬间把她衔到十米开外。祸事来得突然，女人没了影，手里攥着的信封叫车撞散了一个，迸出来一团票子漫天飞舞，只消几秒，便从许力头顶卷过，被吞噬在混沌的夜色里。

撞人的夜车在路上停下，跳出来两人，一男一女，隔得远看不清相貌。许力趴地上不敢动弹，单是瞪眼看着那边。二人互相推搡几下，指指许力停在路边的车，又指指躺在地上的女人，吵了几句，开始把那女人往他们自己车上搬。男的抬脚，女的抬肩，那女人就成了弓形，下凹的腰间拖出一道赤练蛇似的红东西，一米来长，怕是撞破了肚皮，肠子也露了出来。人朝车后座送进一半，剩两条腿耷拉在路上。那两人忽然停下，又开始争吵。一声声鸡叫似的听不清楚，男人对着两条腿指指点点，女人掩了嘴似乎在哭。吵过几句就改了主意，男人指挥女人，又把她拖出车来，还是一脚一肩地抬，沿着平江路抬到杏子桥头，朝桥底抬去了。许力趴得浑身凉透，刚要起来，那女人又回到路上，四下看看，走到车屁股前，从后备厢里翻出把铲子，拎去桥下。

知道是要埋人，许力不敢再动，一直伏着，等那二人忙完，慌慌张张开车走了，才敢从路边起来。胡乱掸了掸身上的土，朝着杏子桥迈开一步，又收回来，上车。

地方是她选的，自己不看车，出了意外，也怨不得别人。

许力嗡着脑袋开出十几米，脚面错开，再一使劲，刹了车。车灯照上路面，洒开两片银白，地上躺着另一个信封，安然无恙，寸把高的东西影子半米多长。知道里面装着的是那三万整钱，犹豫片刻，还是下车捡了。事情如此结束，倒也松了口气。

许力回到小区，一路搞不懂自己，忧也好，喜也罢，任何情绪都不能长久，只有阵阵后怕渗进骨髓。风马上停了，落叶掩了地砖，下车踩上去，脚下噼啪作响，好似在冰面行走。

三日无事，心放宽了。

周六中午，四厂开罢例会，许力回家换了衣服，再梳几下头发，正准备去学校接小柒，赵辛忽然来敲门了。知道她与王存要去杭州，这趟旅行计划了半年，三人吃饭时没少提及，眼下总算付诸行动。如今她半路过来，怕是又有变故。许力开了门，赵辛站在外头，拎两个皮箱，也不进来，张嘴一句：

“王存让西城派出所的人截走了！哎？你脸上怎么回事？”

三两句掰扯不清，大意懂了，是有个外地女人失了踪，今天上午有女警去王存家走访，问过几句话。王存嘴笨，不知答错哪句，就把嫌疑引到自己身上。今天赶火车，两人都上了月台，忽然叫四个派出所来的男人截下。硬是把车票也给退掉，拉王存去了所里盘问。

“外地女人？”哪有这么巧的事，许力进一步确认，“王存前几天，半夜里有没有开车出过城？”

赵辛皱了眉：“你不知道？他驾照都没考，开哪门子车？”

“那就不是他。”

“什么不是他？”

“撞人的不是他。”

“什么撞人？”

许力把话说得有分寸：“十七号晚上，我在平江路上看见起车祸，一女的在路上乱闯，给夜车撞死了。开车的两个人慌了，就把人埋到了杏子桥底，现在还没上新闻，说明人还没被发现。我想，两件事凑一块儿了，那八成就是失踪的外地女人。”

“还有这么巧的事？那你还等什么呀！赶紧！”赵辛拽上他的袖子，“跟我去派出所把事说清楚，叫他们把王存放出来。”

许力朝后退着，刚撇净的事，不想揽回身上：“事大，我不想掺和进去。”

“你怕什么？也就报个案，撞人的又不是你，”赵辛急了，想了想又问，“哎？那晚你怎么没报案呀——撞人的不是你吧？瞧你脸上的伤……”

“别瞎说，这是摔着了，再说了，我那是捷达，撞人的是一桑塔纳……”想了想，放下心来，不管王存那边是什么情况，无非一场误会，“事不是这么个事。你听我说，我是想说，既然不是王存，派出所那边问问也就放人了，你也不用慌。”

“什么不用慌！能早说清，偏等他们自己查？你怎么回事？”

“我也不是不想帮老王，只是——”

“你别只是——行，你不愿意去，没问题，”似乎下了决心，又说，“这样，我去说——车祸算是我见的，案子也由我去报。”

这么一说，似乎也行得通，再想，又有不妥，赵辛这么慌里慌张的，话就很难说圆。许力再做调整，拿个办法出来：“我还有个法子，咱俩谁都不用说。你这样，你别自己去，人家正怀疑王存，你在火车站里不说，现在又去报案，事就更说不清。

我看这样，咱到街上找个电话亭，你来匿名报案，等他们去杏子桥底核实完，事也就清楚了。”

“你家不是有电话？”赵辛刚说半句，懂了，“行。”

许力又说：“还有个事你得听我的。”

“你说。”

“打罢了这通电话，你就先回家，人家认得你的声音。派出所那边就让我去，我保证把王存给你接回家，你看行不行？”

赵辛想了想：“行吧。”

打定主意，找到一处电话亭，两人挤进去。许力把该说的话交代好，拨了号，递给赵辛。她是真急，直接喊着问：“是西城派出所吗？”

一个女人接了：“你是？”

“是不是西城派出所？”

“是。”

“好，我要报案……”

春 雨

小霞正念大三，算起来，靳娜已在象城陪了一年。

总之烦透了这小城，天干风多，鼻孔常见血丝。路虽都是砖石铺砌，却又整年扬土——更别提赶上起风。好歹是一座城，反倒不如襄樊的乡下，即便到了田里，白晃晃一条土路展在地上，净得不脏鞋底。除此之外，象城的四季也粘连不清，冬天熬不到尾似的，春分早过了，城里的树像铁铸成，枝枝杈杈裹着黑锈朝天上乱刺，迟迟未生新叶。天也时常返寒，风沙起来，市民们都冻得弓着腰。

当天起个大早，到四厂送罢一束花，再补一个电话，靳娜就去百货大楼逛了半天。春装大都砍不下价，忽然觉得自己穷了。这几个月瞎折腾，时间全浪费掉，仅从谢政手里拿到一万块钱，还不如上班划算。黄昏打车回家，临到小区门口，突然改了主意，就叫司机改道，要去西城区养老院找邓耀。

郊外好些，行将枯死的河开了，麦田起绿。平江路畔栽着柳树，枝条排列整齐，像拿梳子梳过，一根根泛起点点青渍。远处的桃林也有红晕，连成一片，好似郊野害了羞。瞧见这些，对这地界的敌意稍有减退，由他去吧。

出租车刚上杏子桥，天就下起小雨，细得落地无声，浸到车窗上，看不清外头的景致。司机倦了，掏根烟点上，又朝靳娜戳来一根。

“我不吸烟，”她没接，又说，“你最好也别吸，我闻不惯。”

司机猛吸一口，把烟整根丢出车窗：“你会闻不惯？”

“你这话什么意思？”

司机愣上两秒，打后视镜里瞧过来："没事，我眼神不好使，认错人了。"

"认错人了？把我认成谁了？"

"没谁。"

靳娜来了兴致："你说说，说说。"

"嗨——"司机尴尬地笑，"那你别介意啊，城里有家青桃唱吧，那儿有个陪唱姑娘，贼像你。"

"你点过我？"

"还真是你？"司机回了头，捣着下巴，"我这双眼，就不会认错谁！你叫啥来着，桃儿？"

气得笑了："什么桃儿，是果儿！"

"对对！就是果儿！要不我刚怎么会纳闷儿，你这唱吧的小姑娘会闻不惯烟味？"

"那你也不能吸——那时候我挣你钱，该闻就得闻着；这会儿换你挣我钱，我不想闻你就不能吸。"

"有道理，有道理，"司机一通服气地笑，停下来又问，"还在那儿干着？"

"早不做了。"

"哎，对嘛！不干就对了！那地方乌烟瘴气的，不适合你——咱俩也算有缘，怎么说呢，上早班那会儿，我在四厂门口见过你，一准没错。那现在是在四厂上班？装配工？"

适时撒了谎："是。"

"我看着不像呀。"

"不像？"

"是不像呀。我家就在四厂西边，那厂里的小工都是大蓝袍子往身上一套。你这穿的，说句玩笑话，还像是青桃那边的伴唱。"

靳娜一通笑："行了吧。跟你说实话，我早上就是去四厂送个东西，也算第一次进玩具厂。"

"哦，是这么回事——哎？那你瞧见那图书馆了没？"

"见了，没仔细瞧，怎么了？"

"那你下次得仔细瞧瞧。那小楼不简单，拿过奖。回头你再绕着它端详一圈，尤其那正门，上黑下黄，方方整整，官方说那是一本书压着个金元宝的造型——其实啊，我从那儿路过多少回了，怎么瞧，都觉得更像死人棺材——呸，不吉利不吉利！"

两人正笑，司机松了油门，车滑着，渐渐停下。

靳娜朝前观望，眼下团团黄白，脏兮兮一群羊正傻站着，也不叫，也不动，石像似的挡在路上。司机摇下窗户，伸了胳膊赶羊，嚯嚯地喊。羊朝这边看来，一双双羊眼里尽是方孔，并不理会。一个老汉爬出路沟，约莫五十来岁，痴呆的相貌，搭肩一块破羊皮，脑门上扣着黑绿色一顶棉帽，耷拉着象耳似的双翼，肩上还挑着根鱼竿模样的长鞭。司机再按一遍喇叭，他就把眼珠懒散地转过来，似乎搞不懂这境况。

“叔，我这儿过路呢，您赶赶您这些羊？”

老汉没反应，人比羊傻的样子，开始挥着鞭子，把羊往一块儿拢。

司机又喊：“那老叔，您把羊赶赶，给让个道。”

老汉还是不理，收了鞭子，干脆坐到路上。

靳娜摇下窗户，探头骂一声：“神经病吧你，赶一群傻羊在这儿挡着，路上又没草！”

司机坐回去，也骂一声，再按两下喇叭，就要踩了油门硬闯。车一寸寸朝前挪，几只羊躲了，一只公羊转了身，拿羊角抵上车头，默默较着劲。靳娜脾气上来，下车留着门，自己过去撵羊。老汉坐着观望，也不帮把手。靳娜从羊群里蹚开半条道，剩那公羊倔强站在原地，脏兮兮一团东西，散着腥臊，实在无从下手，她就挑了羊角攥手里。那羊扭过脖子，又要朝后使劲，靳娜一松手，羊就一个趔趄，倒退几米，翻进路沟里。

老汉提了鞭子猛站起来，靳娜瞪他一眼，跑回车上。

“快开呀，一会儿羊又回来了。”

车挤着羊群打中间穿过，司机刚要加速，啪一声响，鞭子抽上车后盖，吓得靳娜拢了肩膀。司机猛踩油门，车像被抽疼了，朝前一蹿，一溜黑烟跑远。

过了杏子桥，西去两千余米，拐上小路再穿过一片柿子林，就到了元德镇。

西城区养老院建在镇北，是镇第二中学旧址，两校合并后废弃，改成养老院，多是象城市的老人前来寄住。下了车就开始后悔，没想到位置如此偏僻。养老院前门站着几排废车棚，聚着城里的垃圾，塑料袋滚成颗颗雪球，啤酒瓶子垒成道道绿墙，独不见拾荒者，瞧着瘆得慌。

隔着栅门看进去，操场有些荒芜，双杠损坏一半，沦为矮子单杠，漆已剥落殆尽，暗红色的砂石跑道上也生了黄草。再往里是几排楼房，传出一声声虚弱的电钻响。

小雨刚停，保安穿着皮袄倚墙上，懒洋洋守着大门，瞧见这鲜亮的女子走来，立刻摘掉眼镜。

“您来瞧家里老人？”

“邓耀是你们院长？”

“您找老邓啊，他在呢，”苍蝇似的搓了搓手，“我带您过去？”

院长办公室半开着门，面积小，屋里挂满锦旗，吊扇的白翅已然黑黄，节能灯上糊着层苍蝇屎。邓耀不在，桌上堆着打印纸、笔记簿，一把电水壶，一个富光杯结满水锈冷落着，杯里泡了几遍的毛尖已然失去茶色。桌后的皮椅尚有两个屁股印子。

“老邓人忙，您等他一会儿？”

“行，麻烦你了。”

“麻烦什么呀，不麻烦。”

保安退出去，带上门，一串轻踩的脚步渐远了。

靳娜坐上皮椅，蹬腿转一圈，看一遍桌子，把水杯往远处挪。办公桌前两排抽屉，把手蹭得泛起银光，忍不住要看，发现大都上了锁。终于拉开未锁的一个，里头孤零零躺着个相框。翻过来捧手里，是黑白全家福，毫不费力就找到邓耀。瞧他年轻时候还像个人样，甚至还算白净，如今一脸土色，两腮凹陷，头发也脱了一半。拍照时的邓耀已经婚育，怀里抱着个女孩，小孩害羞，把脸扎进父亲怀里，相机就只能捉到个后脑勺，剩俩小辫儿朝外撅着。再看后面的长辈，个个拼命瞪着眼，唯恐拍不到眼珠似的。邓家基因刻板，男人模样九分像。一个老妇绷嘴笑着，像是邓耀的母亲。不知怎的，靳娜越看越怕，那一双双圆眼望过来，仿佛能看穿她的心思。

浑身不自在，就把相框塞回抽屉，砰一声关紧。

等了半个钟头未见邓耀，天渐黑了，这趟不能白跑，她就亲自去寻。

走廊空无一人，四下回着噪响，有个房间正装修，一矮个子工人拿着电钻钉钉子，另一个高个脱了鞋，穿着破洞袜站桌子上，往墙头钉着铝合金龙骨。瞧见靳娜，四颗眼珠自发闪光，两人都停了活儿，冲她憨笑。再过一个房间，里头正做运动，一白褂妇女领着五六个老人，为引注意，做五个动作就拍三声巴掌。老人们跟着做，心不在焉，有一搭没一搭地应付。

那女人看过来："你找谁？"

"我找邓院长。"

"你去 203 室，"手往天花板一指，几个老人也跟着抬胳膊，"在二楼。"

上一层楼，数到 203 室。这屋门槛拆了，留下个新鲜整齐的印子。打门缝看到邓耀宽阔的背影，穿了白褂，套着冬衣，一头北极熊似的。刚想推门，就听到一声声悚耳的哭。靳娜踮了脚，隔着门上的窗户，看到五个老人坐轮椅上，四个围着一个，都抹着泪。中间那轮椅上的老人满头银发，人皱着，正努力展开，听哭腔知道是个老婆子。

邓耀正低着头安慰："再过四天就来看你，孩子这会儿不是在学校嘛！"

"他要过来，你们不让，我都梦见了！"

"你别闹了，消停一会儿！你看看你，刘阿姨、许大爷都给你带哭了！"

老人嘴里呜噜一声，听不清。

邓耀听懂了，忽然开始笑："妈！你说这干吗，放心，谁都忘不掉你——我推您出去转转？"

说着就要开门，靳娜被逮个正着，只能冲他吐了下舌头，再朝屋里招两下手，五个老人都笑着。邓耀一脸惊讶：“你怎么到这儿来了？”

“顺路，过来看看。”

邓妈脸上的泪正顺着皱纹走，忽然不哭了，开始腼腆地笑。靳娜不敢与她对视，想起那张照片，一个人就这么老了，朽了，转瞬行将就木。突然就有些后悔，怪自己这回找上了邓耀——起码养老院这趟不该跑，想起谁曾说过：人有了恻隐之心，天打雷劈。

安排老人们各回了房，邓耀脱下大褂，两人下楼走在院里。灯少，互相只能看到鼻尖，实在没话，靳娜就说：“前院的草你们也不铲一铲？”

“那一片不常去。其实都有安排，四月、十月各铲一回，这不是还没到时候嘛。”

“哦，是这么回事。”

邓耀问了一嘴：“你吃饭了没？”

“还没。”

“走吧，随便吃点。”

食堂一片昏暗，尚开着一扇窗口，见有人进，司务特意打开一排灯，照亮半个大厅的桌椅。邓耀跟厨子打趣两句，取了两个餐盘，递出几张饭票，就把餐盘递过去。菜没留几样，都装在铁盆里，泡热水上简单保温。一勺清汤瓠瓜，一勺肉丝豆角，挖半碗米扣上来，再添一撮什锦咸菜，汤也没有，这就凑合出一顿饭。靳娜端着餐盘和邓耀对脸坐下，两根筷子千斤重，提起来又放下去。

“你妈岁数这么大？”

“我是家里老小，上头还有仨哥，还有一个姐。”

邓耀开始扒饭，也不尝咸淡，直接猛吃一通。饭吃一半，打口袋里掏出个扁盒子，抬了头说：“来，这个给你。”

接过来打开，是根红腰带，窄得像条小蛇，睡觉似的盘在盒内。

“哪有送人腰带的，你这人真没情调，”想想不对劲，歪了头质问，“是特地给我买的吗？”

邓耀老实：“院里家属硬塞给我的，质量好，也好看，想着给你挺合适。”

“借花献佛呀你！”知道问得过早，依旧开口道，“你老婆呢？”

“离婚了。”

“你离婚了？”

“她跟我离的，好些年了。”

邓耀说罢继续吃饭，菜吃完了，把汤往米上撩，继续朝嘴里送。

确定了，邓耀不是自己该弄的那类人，也弄不成。想来满腹懊恼，一粒米未进，站起来说：“晚了，我得走了。”

“我送你回城？”

“不用，我还有别的事。”

靳娜走到前院，门卫室无人，西边不远，一个灯笼似的公用话亭站在荒草里。来时也有注意，彼时还以为是个茅厕。靳娜突然就有了主意，钻进话亭，插了卡，先把电话拨到王存家里，想起上回骂过他，就有些愧意：

“别恼。最后一次了，帮我个小忙。”

王存似乎还生着气，话也干脆：“说。”

“从你家阳台，能看到许力家后窗吗？”

一通电话打罢，知道许力已经把花摆上了窗台，也算成了件好事。送花也罢，写信也好，都是在青桃唱吧当陪唱时，同事教给靳娜的花招——骚扰一个有家室的男人，最好每天送去个惊喜，叫他“夜长梦多”，防线自然崩坏。这招用到许力身上，果然立竿见影。若能拿到这笔钱，邓耀那边放弃也罢。坏事被好事抵消，心情马上转好，靳娜挂了电话，再打去许力家里，估算一下时间，就约他到杏子桥头送钱。

来到平江路上，雨早停了，云未散，又起了风。

一路走到杏子桥头，风大而薄，忽西忽北的，马上刮透了衣服。肚皮阵阵发凉，把邓耀送的腰带取出，随便系在身上，多勒紧两个扣眼，就稍暖些。许力迟迟不来，靳娜把两手互夹腋下，在路上来回踱步，过了近十分钟，这才看到一辆捷达打着大灯缓缓开来，轻易划破夜色，停到脚边。也顾不上打招呼，直接开门坐副驾上，马上暖和多了。

这是第一次见许力。这人面相怪，细眼翘着，高颧骨尖下巴，一张狐狸似的脸。

靳娜抱怨一句："你来得真慢。"

"是你？"

人长得怪，声音却比电话里顺耳，字清调柔，似乎万事都好商量。

印象往往不准，果然到了给钱环节，许力就要起花样，说好八万，却只带来一半。这点早有预料，四万其实正好。三个月前，靳娜跟四厂的外联主任谢政摊牌，这人瞧着豪爽，却把五万压成一万，死活不愿再添。一下削掉八成，气得靳娜拿啤酒盖剐了他的车。而后又在王存头上故伎重施，刚提到钱，他就推到许力身上，算是意外收获。靳娜觉得有趣，便答应下来——北方人的城府早见证了。这回她也耍了个心眼，故意多要三万，防着压价，果然到手四万，也算皆大欢喜。

许力掏了钱，怕事谈不妥，多问一句："钱借给你了，事算完了吗？"

自然完了。满意归满意，终究不能说出口来：“这个你说了不算。”

说罢利索下了车，抱着两个信封走到路上，得胜而归。

远处的象城在眼前徐徐展开，市民睡得早，整座城市没几盏灯，一扇扇窗睁着眼，像些方块星星烂在夜里。再走一会儿，身后多出一阵脚步，越逼越近，像个愤怒的野狗跟着，似乎要扑过来。靳娜心里打鼓，等那脚步快踩上脚后跟，就朝路的另一侧跑去。事不能急，自己慌了，没注意前头来车，坚硬的车头轰隆隆开过来，撞到身上。腰间一声响，腰带先断了，随即整个人被抛上天，魂似乎也被撞得粉碎，像群蛾子在空中飞散。

落地后翻上几滚，侧躺下来，就没了知觉。

醒来身子极重，胸口压着东西，喘不顺气。

等清醒一点，才发现自己给人埋到了坑里，幸亏埋得匆忙，坑浅土薄，使劲爬出来，就去抠鼻孔里的土。呼吸通了，一股腥气涌进肺里，算是活了过来。四下死寂，耳边响起潺潺的水声，估摸是在桥底。往身上检视一遍，腰带断了，却还挂在扣上；人趴着，右腿肚子却朝天翻，分明是骨折了；左边胳膊也脱了臼，一动就疼，只能右臂发力，单肘捣着爬。

没过几米爬出桥底，身上落下星星点点的凉，手背攒出一层水珠子。满世界一片潮湿，正淅淅沥沥下着小雨。也顾不得泥泞，一口气爬到路上。

平江路来往无车，路灯全熄了，四野空荡昏暗，像是荡在宇宙里，实在分不清方向。靳娜沿着路乱爬，渐渐绝望了，忽听见雨里有了隐隐的羊叫。循声过去，地形高高低低，不知爬了多久，寻到一处人家，一座小屋的影子印在夜色里。

再次醒来，外头还在落雨。靳娜躺在干草搭成的窝棚里，脚上少了只鞋，胸口盖着一张羊皮。浑身无力，肋骨怕是也断几根，疼痛像件衣服裹了身子——脱臼的胳膊已被接好，似乎还有内伤，只能抬高几寸；腿复了位，被粗野地包扎过，旧麻绳捆着粗布条，以树枝充当夹板，就这么应付着硕大的骨伤。眼前是个荒废的庙屋，她似乎睡了一整天，依稀记得那扇窗户，梁上虫蛀的纹理害她做了噩梦。屋里神桌上摆着几件灶具，一顶冬帽，鱼竿模样的长鞭。桌旁一个熟悉的背影，破袄瘦肩，坐在个圆草墩上，正抽着小烟锅。每吸一口，烟丝烧得嗞嗞响，烟团飘过头顶，四下弥散。认出是谁了，一阵惊恐——正是杏子桥头碰到的那个赶羊老汉。

老汉身旁卧着团白，丝丝絮絮的毛边，是只羊羔。那羊的后腿也夹着木棍，裹着破布，伤势与靳娜如出一辙，也是怪了。前日里，那老汉在果园放羊，嫌这小东西跑得远了，死活叫不回来，就把镰刀丢过去教训，结果刨断它一条后腿。靳娜轻咳两声，老汉回了头，脸依旧木讷着。她企图站起，又被他按回窝棚躺下。老汉指指靳娜的腿，也不说话，意思倒是明白，叫她躺着别动。

靳娜说话只能用气声，嗓子发不出音，刺辣辣地疼："上回的事我给您道歉，您送我去城里吧。"

说罢了，老汉也不给话，就这么看着。

"我妹不知道我在这儿，这会儿她该急了，我得给她打个电话。"

老汉还是不吭不动，似是聋了。

靳娜有点怕了："我得回去……"

又要起来，老汉伸一只手，山似的按下来，她又跌回去。

再站一次，脚下打软，找不到平衡，自己跌躺回去，一阵疼走遍全身。老汉不再按她，直接丢了烟锅，下手揪住那羊羔的耳朵。那小东西站起来，拧着脖子使劲，也觉得疼了，开始奶声奶气地叫。靳娜一站一倒，脑子里滚着颗铅球，满耳蜂鸣。那老汉忽然怒了，撒开羊耳，取了鞭子。小羊受了惊，拖着断腿满屋跑，老汉追着，鞭子噼噼啪啪抽在羊身上。那小东西躲不过打，叫得凄厉，像个被门夹到手的小孩。靳娜越要站，那老汉就打得越卖劲，院里还有群羊，隔着门窗叫着回应。

羊羔逃到靳娜身后，把前腿跪下了，她就不再企图站起，也没了力气，转身搂了这小东西，让他不要再打。

熬了一天，雨越下越酣，一排排瓦檐往院里尿着。老汉提了半麻袋干草去院里喂羊，又去屋檐生火架锅，煮了稀饭，先给靳娜送来一碗。她也不吃，看着那碗饭变凉，结成坨。

第二天上午，老汉拎了块湿淋淋的石头进屋，翻出一排刀具，长刀、小刀、剪子依次排好，一把把在石头上磨，叫人听着牙疼。磨了半晌，试好了刃，忽停下来，把长刀擎手里，冒雨走进羊圈。靳娜打窗口看去，视野有限，见一只铁桶站在雨里，雨滴敲进桶里，声声脆响。老汉把一只公羊拎过来，就地撂倒，按了羊头，拿膝盖抵上羊肚子，一刀捅脖子上，随即丢了刀具，把羊头按到桶里，开始放血。靳娜吓得抱紧那小羊，不敢再看。公羊抬不起头，前腿跪着，后腿一阵乱踢。待放完血，从桶里拔出头来，它就变得呆滞，眼朝两侧翻动。老汉攥着羊角，把公羊拖进屋里，又撂倒了，拍了拍肚子，拿剪刀剪开一寸肚皮，换了小刀，开始剥皮。羊认了命，不再反抗，像是老汉正伺候它脱衣服，只管反刍胃里的草料，进嘴里咀嚼着，再咽回去。

羊处理好了，挂上梁头，时间已近黄昏。一个穿黑雨衣的男人跑来敲门，老汉把整羊扛上肩膀，伞也不打，出了门一阵链子响，上了锁。打窗口望去，两个人伸了胳膊，在院里一通通比画。靳娜喊不出声，就伸了胳膊冲窗外猛挥。那人接了羊，要走，她就把左脚的高跟鞋拎手里，往窗上一甩。那鞋要起杂技，并没敲上玻璃，倒是稳稳立在窗沿，并没制造任何声响。

男人扛着赤条条的羊走了，靳娜躺回窝棚，又气又恨。

链子又一阵响，老汉回到屋里，瞧她两只脚都没了鞋，就把羊皮脱下，给她裹上。忽然看到窗口那只红鞋，就变了脸，猛冲过来。他一脸愤怒越凑越近，张圆了嘴，里头躺着半条舌头，瞧着恶心又惊悚。两排糟牙烂齿进了视野，靳娜脸上一阵生疼，像个苹果叫人啃上一口。

熬到第三天，春雨渐小，靳娜依旧不食一口，仅喝过几碗热水。人发着低烧，体寒，就抱了那羊羔取暖。疼已麻木，眼前老闪白光，想是自己就要死去，都看见天堂的灯影了。到了中午，老汉正喂羊，忽然来了个女人，穿一身警服，被老汉挡在院外。靳娜这边已经给不出回应，拿出听天由命的心态。那女警问了几句话，老汉比画一阵胳膊。她刚要走，又回了头，隔窗看到那只红艳艳的高跟鞋，人就呆了。

老汉进了羊圈，继续倒着干草。那女警也不叫他，径自穿过院子，闯进屋里。一看到靳娜这境况，她就掩了嘴，凑过去问："你是靳娜？"靳娜放了怀里的羊羔，用口型说了个是，伴着两下点头。那女警振奋起来，话不再说，搭肩扶起靳娜，就准备带她离开。

老汉追进屋里，捉了鞭子，挡着二人去路，猛一通摇头。靳娜攥紧女警的手，发现她竟有些打战，也跟着绝望起来。女警虽怯，嘴上倒是严厉：

"这是我们西城派出所正在找的失踪人口，请你配合一下，让我带她回去。"

老汉比画一通，回头关了半扇门，指了指靳娜，又指了指地上的窝棚，示意放她回去躺着。两人再朝门口多走一步，他就变了脸，扬起鞭子准备抽下来。

女警停下脚步，与他对峙着，忽然想到什么，单手掏进包里，竟取出一把手枪。不知怎的，那枪很旧，久未保养的样子，还生着锈，实在生不出杀气。老汉逼近一步，女警忽然不抖了，直接扣下扳机。一声枪响,屋里没人受伤,只是那羊羔厉叫一声，在屋里疯了似的蹦。

女警又把枪口指向老汉，他后退一步，脸上的怒气瞬间全收，鞭子落到脚边。羊羔撞开屋门跑到院里，缓缓躺倒，身下淌出血来。

经这一吓，那老汉就顺从许多，还帮着把门推开。两人出了院，靳娜回望过去，老汉已经坐上门槛，冲着她笑，又指了指自己的脸颊。靳娜脸上一阵火灼，不敢再看他。院里的羊羔躺在地上，胸口尚有起伏。受惊的羊群平静下来，一只只走出羊圈，围上去。

平江路上，一辆空车正在雨中等候。车奇破，女警拧了两遍钥匙，车头只是回应一阵哑响，再拧第三次，这才发动。

车过杏子桥头，雨就停了下来。路上云开雾散，雨刮器擦过前窗，象城的轮廓瞬间清晰起来。

闰月

闰月早过了，农历年的一截子阑尾，没它却也不算完整。过罢第二个七月，这年就比往日冷得早些。那天报完警，许力送赵辛回家，随后开车去了西城派出所，一路心神不宁。车过四厂，远远地看到个楼尖子，挺小一座图书馆，数它个儿高。四种建筑风格在此处拼连起来，洒满了鸽子屎。市里有传言，说是盖这楼尖时，木架子散了，摔死过两个工人——自然是无稽之谈。

到地方把车停门口，进去是个小院子，最里头是砖垒的茅厕,北侧一排平房,码着各类科室。正对门的大厅挂了道布帘子，许力走过去撩开一半，见王存坐椅子上，也没戴镣铐，也没受委屈,正捧着个搪瓷缸子往嘴里灌热水。两人对上眼,尚未开口，院里就开进辆破车,引擎哑着响。司机是个女警,下来绕去副驾，搀下个瘸腿女人——捎一眼就能确定，是埋杏子桥底那女子。

绝无可能的事搁在眼前，真见了鬼。

那女人耷拉着头，病恹恹的，腿上绷着夹棍，想来受过不少折磨，落得衣衫不整，头发也乱，光洁的脸上多出两排齿痕。抬眼瞧见许力，她也一惊，迈不开步了。许力躲着她的目光，两人互相不愿瞧见。这时候，王存也从大厅跑来，停在门口不动了，身后跟出两民警，以为他是要逃。

几人站满整个院子，互相望着，似有千万疑问自心中腾起，未及说出，便又刹那间深埋地下。

北方狩猎

正 篇

1

出海第三天，第七次下网。在船长的记忆里，这是与收获无缘的时间和次数，如果可以，但愿能够直接跳过那仿佛注定的徒劳。

船长是海南人，七个船员全都来自广东沿海，一律矮个子、高额头、鸭嗓、黑黑的脸，只要肯在每次出海前结付一笔现款，价钱和提成就很容易谈拢，从其他船上挖人也并不困难。漂荡在海波上的时光里，他们生食海米干、马鲛鱼鲞。每口食物都要狠嚼一通，把腮帮子咬鼓，把并不复杂的味道在唇齿之间尽力分解。啖其咸，食其腥，品其鲜，似乎就是他们同寂寥周旋时还算不错的一件差事。七个船员中，只有祖籍东北的马文受不了这种浓烈的腥秽，有时候来不及煎食，他便以手撕替代咀嚼，把加工好的残丝碎渣托在掌心，说一声“×这咸臭东西他妈”，而后像吃药，皱眉朝嘴里一扣，再猛灌一口水，一仰头，咕咚吞下。除了海钓得来的一条金枪鱼和三条黑鲷，渔船至今都没收获，食物、淡水和柴油都已告急。最多撑到傍晚，渔船就得返航。即便他们能够战胜缺水的恐惧，再多坚持一晚，好运依旧不会降临。

好运不会惊扰陷入窘境的成人世界，坏事往往来得都很纯粹。

一次破产后，船长开过短暂的几个月饭店，以鱼鲞、晒兰肉、火腿和笋类搭配的小炒着实让他发了笔小财。有了存款后，船长马上不再安分，仿佛有了退路一般。他终究逃不过体内某种写在基因里的引诱，不过半年，就重新从灶台被劫掠回海洋。这次出海前，允诺给马文的那顿酸笋炖鱼鲞程序简单，扒半头蒜，热锅少油，清炒酸笋，添水后与鱼块同煮，除却蚝油再不需任何作料。拖到第三天晌午，船长已经没有耐心去做任何额外的举动，拧开储存酸笋的罐头盖子仿佛也会透支生命力。

观音神龛前的香烛灭了一支，船长希望它被重新点燃，但是他不想从折叠床上站起来。

最后那次仪式性的收网，谁都没有准备好迎接随之而来的巨大惊喜。船长越来越相信，代表好运的那条鱼在昨天（或许也可以说是在数年前）就已从自己的小腿旁溜走，潜入深海。

收网时紧绷的缆绳只能让船长开始怀疑自己的经验，无数次捕获失望后的渔网也变得脆弱而不再坚韧，同样没有准备好承受这次意外的重量。沉甸甸的网兜一寸寸浮出水面，海水哗啦啦渗出来，浇回大海。渔网刚刚上升到甲板就爆炸似的散开了，差不多一半的鱼都没有准确掉入鱼舱，而是直接倾泻到甲板上。银光闪闪的金枪鱼在地上打挺，章鱼打着卷，翻倒在地的虾蟹无效地挥动着多得没必要的细腿。

两个船员的失误，导致马文的双手都被绳索割伤了虎口。面对尖锐的刺痛，他竟有些兴奋，双手也攥得更紧了。船长还没发话，上百尾黄铜色肥大的鱼暂时还没被确认品种，它们细小如婴儿指甲的鳞片掉落在甲板上，为其抹上一层金粉。不过可以提前确认的是，它们价值不菲。除此之外，渔船还收获了一块银光闪闪的铠甲残片。沉默寡言的船员范中黎验证了马文对它的猜测，这个为了自我历练才加入渔船的男人博学多闻，一眼就认出了它的身价。

观其雕饰，这块纯银的铠甲很可能辉煌在隋唐时期，甚至更早至魏晋，它从锻造地山东蓬莱坠海，流徙过上万公里的海岸线，来到南海。除了价值不菲，它所代表的勇武精神久经洗练，在英武气概消亡百年后的当代，拥有极高的收藏价值。或许是为了掩盖欣慰的眼泪，船长捧着脸颊跳进大海，潜没数十秒以拥抱苦涩湛蓝的海水。待返回甲板，他头发也不擦，就谈及接下来那次迟到了两个月的小聚。

常年海上劳作的船员尤喜测运之事，若喝酒必然猜拳、掷骰子或打扑克牌；若出海，启程前日则会去庙里占卜，但不问卦象。聚会上有抽奖环节，由船长委托范中黎策划，马文从透明玻璃箱内抽中了二等奖——莫斯科双人四夜五日游。仿佛秉承天意，这让马文的“大计划”变得更加决绝，当然，他不会向妻子透露接下来自己对抽奖结果的“轻微”干预。马文不喜白酒，自己做主请客，会鼓励大家喝斯米诺伏特加。那天抽奖结束，马文捏着白酒瓶找到船长，先自斟两杯饮下（这是他有求于人时的习惯），恳求船长把旅游地点换成大兴安岭山林附近的一处略显凋敝的风景区。

这种变动让策划人范中黎稍感难堪，他自认能够猜中马文的喜好，以为这个向往寒冬与勇气的汉子对莫斯科情有独钟——这个搞不清第二次世界大战起始时间的莽汉，竟对东线战场发生的战事如数家珍。更令他不解的是马文用以替代莫斯科的地点——黑岭风景区。上网搜索一番，信息少得可怜，唯一能够完整获取的是，那里的景区开发资金链断裂，尚未拓宽的道路预示着封闭的交通状况，因而必定游客稀少，几近荒废。

聚餐进行了四个小时，酒过微醺程度，有人开始失态。范中黎盯着马文，好像已经看穿了他的心思，放下习惯性的思考，等其开口向自己说出些什么。马文果然来了，说几句酒话，就向范中黎展示了自己收藏的“珍宝”。

他扭过身子，把手伸进搭在座椅靠背的外套口袋里，取出那张于民国十六年（一九二七年）二月十七日出版的《龙江民报》。报纸保存良好，对折过三次，甚至没有发黄，像是精心制作的复制品。报纸第二版整版报道了一件奇闻：当地知名的猎户马振山（据称是马文的曾祖父），在旧年早冬，仅带着一支猎枪和一把短刀，冒着小雪，逆寒流而行，朝西只身潜入大兴安岭中北部蛮荒寒冷的山林。经过三天两夜马拉松式的漫长游猎，马振山打到了一只野猪和两头雪狼，并且出于某种特别的考虑或激情，他放弃枪械，用那把短刀杀死了一只成年雄性东北虎。报纸头版附有一张模糊的照片，上面的马振山举着粗糙的右手，掌心放着用麻绳串起来的一截狼爪和一颗虎牙。

照片给了手掌特写，马振山在远景里模糊难辨，可以确认的是，他穿了粗犷的自制皮草大衣，左膀上有一块类似肩章的黄色装饰穗，身后屋子的角落里竖着一把类似匕首的短刀。照片的背景就是这次的采访地——斯特拉酒馆的吧台。从报纸照片和地理位置推测，斯特拉酒馆是一家俄式酒馆，木质吧台和酒架，灯下两排倒悬的酒杯，展架上看似有规律又像胡乱摆放的各式酒瓶高低错落。这种装潢仿佛不受时光侵蚀，自开张至今，近一个世纪也不能令其略显古旧。

这些年来，某些看似简单的心愿一直都不得满足，包括这归乡之旅。介绍完自己的收藏品，马文自饮两杯，向范中黎表达了谢意，随后指着照片上的酒馆吧台，说自己一直都希望回到出生地、曾祖父马振山风光一时的地方——黑岭镇郊外的斯特拉酒馆，在那里度过一个短暂的假期。

范中黎双手摊平，灵活地活动着食指，仿佛能够触摸当下的节气。他打趣说，现在正好是鲑鱼洄游后产卵的季节，马文想念北方的故乡也很正常。

2

马文的女儿钟映在读高中二年级，正值叛逆期，一连几个周末都不肯离校回家。这或多或少是因为自己的弟弟——马文的小儿子马启有先天性智力障碍，每周有四天寄住在城郊的一家公立福利院。每次去城郊接儿子回家，妻子都会流泪，仿佛能够清晰看到他在未来必将经历的诸多磨难。马文的妻子小钟是一个矮胖女人，身高一米五出头，两人结婚时，体重就已超过六十公斤。或许是结婚后不再工作的缘故，十七年过后，她比当时胖了整整二十公斤。稍微能够让人联想到体重或行动迟缓的话题，都会被她理解为人身攻击，继而引发一场争吵。

最近两年里，小钟的性情越来越古怪，她就像一台过于敏感的警报器，稍有差池，就会怨斥不停。两人每次争吵，从她疾速掀动的唇后喷涌而出的言语，都会把令马文挫败或羞愧的种种往事和盘托出。有很多次，马文甚至产生错觉，仿佛她的存在就是为了提醒自己生命的晦暗。而这个女人又像腿上的慢性炎症一样时常强调着自己的存在，频繁把马文从某些短暂的喜悦中拖回现实，提醒他一生都不得不面对这个无法逃避的麻烦。

那个深夜，马文打车回到家里，他并没有进卧室的打算，灯也没关，脱下外套披在胸口，直接倒在客厅的沙发上睡着了。小钟在半夜醒来一次，替他关了客厅的灯。客厅暗下来，大概是猎户家族的本能，马文能感觉到小钟掐着腰窝站在自己身后，他甚至能感觉到她灼热又寒锐的目光烙上了自己的后脖颈。不知多久，她终于回卧室了。马文发现自己后颈起了一层浅密的小疙瘩，难以抚平，大概两个钟头后才渐渐消失。

第二天上午，一声声钝响从厨房传出，马文从混乱的醉梦中醒来，左腿的炎症遇酒即犯，膝盖开始隐隐作痛。他洗漱、吃药，努力保持着清醒的动作和言辞。已经过了十点钟，客厅里电视机在播放纪录片，本来就温柔的解说声放得很低。小钟在厨房准备午饭，用刀身狠拍两段大葱。借着这些声音的掩护，马文把出行计划说给她听。

小钟放下菜刀，她并没有拆穿马文：他肯定掩藏着什么隐情，哪个公司会特意挑这种僻壤给员工度假，而且还是五天，简直应该说是流放。她在围裙上使劲擦手，说："没人愿意去那种鸟不拉屎的地方，能不能换个去处？"

马文不擅长撒谎，适时的沉默让小钟相信，出于某种不可抗力，地点无法更换。

小钟重新捉起菜刀和一半被拍打得稀烂的大葱，没有继续拍。她刚才擦手的动作让马文耿耿于怀。

小钟说："那就这么说吧，我跟女儿同去，你留在家里，周五也能照顾马启。"

"公司代表必须要去，我的名额不能变更，也不能折现。"

马文说完就把双手藏到后背，一只手去撕另一只手虎口上的创可贴，疼痛减轻了他撒谎后的自责。

不知是出于对公司的嫌恨，还是这个谎撒得足够妥帖，总之小钟放松了警惕："一条撞了大半年霉运的破船，也能算是个公司？居然还有什么规定，可笑！"

"策划人是用职员姓名填的单据，到时候或许还会见到公司的合作伙伴，所以改不了。"只要语气坚定，荒谬的谎言也能得到女人的信任，马文又说："钟映肯定去不了，你应该知道的，钟映的学校请不了那么久的假。我们两个可以一起去，我妈可以去福利院把马启接去她家。"

"你妈照顾得了马启才怪！她是什么样子你自己不知道吗，一个生在东北村旮旯里的老太婆，连自来水和纯净水都分不清楚——”小钟意识到了自己的刻薄，停顿数秒，又说：“你妈一直都在占这个家的便宜，这次她别想再惦记你的公司福利，谁去也轮不到她去。如果非得这样，我宁可把另一个名额折现。”

“你怎么能这么说？”马文忽然有所觉察，改了口，“我找策划人商量一下吧，这会让大家都很难堪。”

无可奈何，第二个名额终究还是折现了。座机信号很差，马文只能红着脸叫喊。不等他过多解释，范中黎就表示理解，并且帮他讨得了还算丰厚的折现金额。

这次只能自己出行，面对这个结果，令马文惊讶的是自己竟意外地感到满意。

临行前，马文收拾了行李。他从柜子里翻出一件数年来从没机会穿上的军大衣，虽然每年都要洗晒四次，还是能嗅出一股霉味，仿佛面对北方的事物，南方的气候有一种天然的敌意。临出门，小钟还在倾倒满腹的牢骚，抱怨马文的老家太过寒冷，一年有三个季节都是冬天；那里落后、野蛮，只有野人才能生存。人的尊严因寒冷而消隐，西风一旦吹起，人就活成了鸡狗模样。她特别强调，在那里喝醉的人死在街上稀松平常，甚至都没人愿去多看一眼。对此，马文并不介意，小钟向来喜爱夸大其词。她最后又强调说，那地方自己年轻的时候去过一次，火车尚未到站，她就发誓，余生再也不去第二次。马文不顾小钟的数落，披上大衣又去戴帽子，试着这套衣装是否还同以前那样合身。

小钟抱怨够了，主动过来帮他系扣子，马文肚子上的两粒纽扣始终扣不上。

“哟，你比我们结婚的时候胖了呢。”小钟轻拍着马文的肚子故作惊奇。

“谁又不是呢？”马文回答，两个人都笑了起来。小钟笑得格外大幅，她耸动的肩膀使得捏在指间的扣子对不准扣眼。

3

搭动车到广州只需半个小时，飞机从上海转乘，随后直达黑河机场，再乘火车朝西北行驶七站。自此开始，每站都陈旧破落，路途漫长，六个小时后才到了黑岭镇境内。这是绿皮火车，车厢内没有暖气，顶部竟有风扇，万幸，冬装已经在机场换好。火车在黑岭站停靠两分钟，只有马文一人出站。刚踏上北方的土地，他就迎来了好运气——正赶上当地每日只有三班的公交车。车少，乘客更少，司机一路上都在抱怨，下午这趟几乎日日空跑。

公交穿过镇中心，毫无意外，这块记忆中的僻壤愈加凋敝，迁移后村镇唯一的活物似乎只有啄雪的丧家公鸡。终于见到一个活人佝偻的背影，身旁跟有一条白狗，脏瘦，衰老，像雪狼一样夹着尾巴颠晃行走。公交停站的间隙，发动机的噪音会减弱，这时就能听到喇叭里广播着迁移补偿的宣传。四个小时后会有第二班公交经过，现如今汽车取代了摩托和牲力车，顺风车竟不如往年好搭，这一切都打消了马文在镇上下车逗留的意图。

今天是个大日子，方才萌生的失望之意顷刻消散，疲惫也驱散不了他的好心情。

车驶入镇郊，半途的勇鉴湖站无人上下，公交车在这里甩了站。窗外，浅绿色的巨大镜面缓缓移动，对岸似有獐鹿窈窕的身影。数十年光景，这就是那汪在夜晚时常入梦的勇鉴湖。马文看不够，车驶远了，他还努力勾着头。过了勇鉴湖，就能看到斯特拉酒馆的方形烟囱。自清晨始，还未起过一丝风，成团的烟雾冒出烟囱后突然冷却，在屋顶的低空攒积。

斯特拉酒馆距黑岭镇四公里，因位置偏僻，在镇区开发迁移时得以幸存。再往西北不过三四公里即是大兴安岭的山林一隅，在地平线阴成一团墨迹，刮过一场大风后就能从酒馆二楼看清山体与荒林的边际。酒馆建于民国九年（一九二〇年）春夏之交，由一个专供猎户与过路客栖息的野馆子扩建而成。它的第一任老板是一个苏籍东北人，自称有八分之一德国血统，是一个不折不扣的“世界级杂交品种”。他长寿的基因不敌连绵的社会动荡，直至一九六二年酒馆充公易主，他回到叶卡捷琳堡后流离而亡。酒馆近百年来几乎未变，仅是门头一侧新搭了间小木屋。马文敲门时，从小屋里挤出来一个看起来比整间屋子略小一点的健硕汉子。对方一句话不说，抢劫似的夺过行李，帮他提到酒馆正门口，旋即转身离开了，重新挤进矮小的木屋。

酒馆已经大不如前，第一场暴雪即将到来，这里人烟稀少，生意萧条，只有四个人在经营店面。迎面而来的是一个雌雄莫辨的服务员（马文从尖薄的嗓音判断出对方是个女人），她和小钟一样矮胖，走起路来脚下无声，地板却吱呀作响。据她所言，酒馆现在的老板是一对中年夫妻，女人姓郝，平日都在吧台做接待；男人姓崔，负责在后厨烧菜；住在门口木屋的保安是男老板的远房外甥，他身高近两米，腕上有健硕的肌肉和一块鲜明的虎头刺青，言语不多，面孔坚毅，做出决定后，便再听不进任何意见。

马文来到吧台，匿在室内的水汽模糊了他鼻梁上的平光镜片。他摘下眼镜，胡乱擦擦就收了起来。总而言之，斯特拉酒馆并未准备好迎接这位不速之客。头顶上那两排倒悬的酒杯被擦得纤尘不染，让人有恍如隔世之感。台面上有一沓简单的宣传册子，还有一只雪白的烟灰缸，里面没有烟头。

吧台后的墙上悬有一杆猎枪，装裱得像一幅画。

女老板长着张狐狸脸，极窄的眼角上翘。她蜷缩在台后，低头看着一台七寸见方的黑白电视，里面播放着类似客房录像的灰色画面。听到马文驱寒的搓手声，她急忙关了电视，从吧台后站起来。待马文做了简单的登记，得知对方要住五天以上，她竟有些失语。

服务员走过来，在马文身旁坐下，托起下巴，看着他在收据上签字。手续办妥，马文站起来，准备上楼。女老板走出柜台，瞪了眼服务员，又朝着她的屁股狠踢了一脚，发出一声结结实实的闷响。她嗷的一声跳起来，捂着挨打的部位一通猛揉。

“懒死你！还不干活去！”

“地板和桌椅早起擦过一遍，一点没埋汰，晌午刚又擦过一遍。”

服务员有些不满，但她只表现出了怯懦。

“客人坐过的地方呢？”

服务员看了眼马文坐过的板凳，噙着泪，转身走开了。

“你干吗去？”

“去拿抹布呀。”

“拿抹布干什么，客人要回房了，还不帮忙把行李拎上楼，就那么没眼色？”

服务员一声不吭，把行李粗鲁地拖上二楼，随手丢在客房门口就走开了，仿佛她的窘境皆由马文一手造成。

客房的窗子很小，朝西打开，窗外的夕阳正在变红。马文收拾停当，一切还算满意。稍作休息，待夕阳落尽，客房变暗，他就下了楼。

“西风停，暴雪行。暴雪一来，‘山神’就要封林，滑雪场就会关闭，连偷猎的都不再出门。你怎么会挑这种时候过来？”男老板相貌平平，毫无特征，正低头穿着厨衣，一面系围裙一面说着。

“我记得往日这家店很冷，怎么现在烧得这么热？”马文解开一颗扣子，没有正面回答对方的疑问。

“你以前来过吗？——也就七八年前吧，渐渐地就开始有了南方的游客跑来住宿，他们抱怨这里太冷，适应不了，为这事还吵过几次，馆子就这么烧热了。”女老板在吧台后说。

“怎么会没来过？”马文嘟囔了一句，“南方人真是娇气，冷几度而已，这么大惊小怪的。”

“别一竿子打翻一船人，我怎么就不怕冷！”服务员不满地反驳。她那冷热难辨的语气、掐着腰窝的动作，竟令马文突然想起小钟来。

“你是南方人吗？”马文问她。

“我妈是玉林人，怎么了？”她语气冰冷。

“对唔住，冇第个意思，我屋企系海口（对不起，没别的意思，我家在海口）。”

“我去过个度，好多雨水（我去过那里，太多雨水）。”

乡音格外亲切，气氛缓和下来。

“前天新进了榛蘑，炖汤极好，还没来得及尝鲜，晚饭我们同吃。”男老板弯腰进了后厨，又突然撩起帘子，探出头来，

“这顿不收费。”

女老板提来一只铝皮茶壶，堆笑凑近，把壶塞给服务员，示意她给马文倒上一杯茶。服务员的脸瞬间又冷下去，摸出一只水杯，砸一般放上桌面。

女老板打量着马文的脸：“你倒像个本地人。”

服务员开始倒茶，腾空的水汽中有一股浅淡的松香味，女老板的那句言语过后，马文感到一种欣慰随茶香弥漫开。

“我生在黑岭镇——老镇上，十二岁就随我的母亲搬去了广州。记得的事不多——八九岁那年吧，我跟我父亲骑摩托去过漠河，长途跋涉，干吗去倒是忘了，只记得半路把小包袱搞丢了，饿极吃了几口雪，烧胃，人差点冻死。”

女老板哧一声笑了。

服务员没笑，马文低头呷了口茶，望着她，说：“这松香气，把茶带得也显清新了。”

服务员说：“并没放松针，煮的勇鉴湖的水，那水呀，就这味。”

“咦，我怎么不知道？”马文惊讶后又连呷两口。

“或许是你离开得太久了。”

榛蘑炖鸡的瓦锅端上来，服务员擒着手电筒出门，去院里叫保安过来吃饭。三个人围桌坐好，服务员分配着碟筷。另有一道肉片菜叶炒木耳，纯瘦里脊肉暗红，白菜取大绿叶片，木耳纯黑，少了一点黄色，再放些姜片正好，红绿黑的搭配也说得过去。一锅盛满两只粗碗，老板端碗出来，在厨房墙角磕到肩膀，可惜都打碎了。他急忙高喊两声“岁岁（碎碎）平安”，收拾完地上的狼藉，又执意再炒一道菜，命其他人先喝碗汤御寒。

其他人都已动筷，黑岭镇喝汤不用勺，单是用嘴凑到碗沿吸。马文取出那份报纸，在桌上铺展了，向众人介绍起自己的曾祖父马振山。三人听后全都表示怀疑。斯特拉酒馆大不如前，二三十年前，怎么会有人不晓得打虎英雄马振山的威名和事迹。马文从脖颈里掏出那串狼爪和虎牙作证，随后指着吧台，说：“看，照片就是在那里拍的。”

女老板走上去，重新审视着吧台，随之爱抚一把，说：“还真就是楸子木头，赁的时候我都不信。哎呀，楸子木就是好物，一百年都沤不坏，台面亮晶晶。”

“你是说他一个人进了山林？”保安终于开口，他声音低沉，尽是怀疑的语调，嘴里有一星金光闪烁着，“即便运气好，能打到一匹驼鹿，一个人进山林，什么也拖不动，又能带回去什么呢？”

马文想了想，说：“勇武。”

“这样吧，你拿那把刀出来给我看一下，我就相信报纸上的传说。”保安异常严肃，像是在做一笔挑剔的、有关信任的交易。马文看清楚了，他嘴里有一颗金牙。

一九九五年八月，台风特纳在东南沿海迈起鬼步，因为天气预报的错误预测，马文好友（亦是他的合伙人）的渔船遇险报废了。失业一个月后，又赶上儿子马启在自家门口出了车祸，妻子小钟不想从娘家借钱，就托自己的哥哥介绍，把那把短刀卖给了一个吉林人。家中的燃眉之急因此得解，那把刀价值不菲，甚至还为客厅添置了一套新家具。

至于那把短刀究竟卖了多少钱，马文至今都不想知道。

听罢他的自述，三个人都埋头喝起汤来，不知如何回复。

“意思是，你是个打鱼的？”片刻后，女老板突然说了一句。

“要不是搬了家，我或许是在山林里打猎的。”马文的语气里有诸多遗憾。

“偷猎的，”保安放下汤碗，补充了一句，“多少年了，国家早就不准进林打猎了。”

“是呀。”男老板炒好菜，端着两只碗走过来，看到马文面前丝毫未动的汤，他问，“怎么不尝尝那碗汤？”

盛汤的碗很浅，很宽，像个碟子。汤的温度正好，中间透明，悬浮着榛蘑，上面漂着油滴，碗底潜着鸡肉，层次尚可。马文喝了口汤，暗自惊叹如此清澈的液体竟如此鲜美。

4

夜晚静得能听到坠地的松针，夜空分外晴朗，风与云正赶夜路，暴雪将至。

第二天早上，马文加厚了衣服，伸着懒腰下楼。酒馆的人都起得很早，男老板动身去新镇进货，在院里发动汽车，引擎声渐远，消隐。其他人都已吃罢早餐，店里的微波炉坏了数天未修，服务员把预留的一份饭菜放进烤箱里加热，端到餐桌上，极短地说了声："吃吧。"

刚在椅上坐下，尚未持筷，女老板就揣着手走过来，说："自这顿开始，早饭每餐十元，中、晚饭每餐十五元，退房时统一结算。"

"有没有酒？不要白酒，最好是伏特加。"

女老板取了瓶不知品牌的伏特加放到吧台，又将一个子弹杯取出倒放。酒是整瓶卖，报完价她就出门去了。她刚到院里，马文就听到她呵斥保安时响碎的言语。

马文胡乱吃了几口早餐，菜炒咸了，黄粥无味，他放下筷子来到吧台，捏起杯子为自己斟酒。伏特加新酿最好，这瓶已经存了七年，味道很淡，一连饮下三杯，两颊便开始有些发烫。他站起来倚靠在吧台上，解开领口的两粒扣子。再斟一杯放好，马文把酒瓶拧好收起，缓慢托举右手，挪动肩膀与腰身，似乎在寻找一种姿势，许久才停下来。他伸手去摸脖子上那根细绳，久寻不见，想起昨晚洗澡时把那件饰品收了起来，因而遗憾地抚了抚额。

缺少那件最重要的道具，马文倒没有上楼去取，而是保持姿势，望着自己空空如也的手掌入了迷。

服务员的一声低咳让他缓过神来，这种失礼令人憎恨。马文喝下最后一杯酒，用鼻子猛吸一下，起身走去院里。大厅门口的卷闸门还没完全拉开，他弯腰走出，在清晨的寒意里伸了伸拳脚。回到斯特拉酒馆的第一天，他觉得自己应该出去走走。

保安在院里锯木头，女老板倚靠在木屋门口，阴云已经覆盖了低空，温度好似在掉。保安把手腕粗的木头锯成一段段，再摆成一个个三角形的小垛子，这种杂役的活让他不得不蜷缩成一团，与其魁梧的外表极不相称。他觉察到马文的目光，似乎也觉察到了他沉默中的评判，因而发起怒来，说："看什么呢！你再看！"

女老板在一旁尖笑起来。

"我准备出去走走。"马文指向远处山林，那个方向同他预想的目的地正好相反，他不想让别人揣测自己的心思。

"马上就要下雪了，"女老板指了指天空，"一下雪，埋了食，兔子跟野猪就要出来。"

"我不走远。"

"她的意思是叫你小心路边捕猎的夹子。"保安的视线始终没有离开锯子。

如女老板所言，说话间就飘起了小雪，马文点了点头，转身走了。

刚到勇鉴湖，雪就轻掩了地面。昨晚是一个极寒之夜，湖面结上了两指厚的冰。马文摸了摸冰面，又回到湖畔逡巡，低头找到一块石头，把它举过头顶，猛地在冰面上砸出一个洞来。冰裂声清脆悦耳，对岸似有动物矫健的身影在林间闪动。捞尽碎冰，洞下的水面归于平寂，像一块魔镜。马文下跪似的俯身过去，看到水下自己的倒影。倒影中的马文异乎寻常，脸上涂着似是战斗所用的泥巴图腾，他身上穿着的不再是军大衣，而是一件粗糙的自制皮草，右肩头有一枚黄色肩章，腰间挂有短刀，背后则扛着酒馆墙上的那杆猎枪。

水面重新结起一道道冰刺，马文站起来，做了个从腰间抽刀的动作。他抓着那把空气做成的“短刀”在湖畔挥舞，高声叫喊，随之变换着刺杀躲避、僵持对峙的种种动作，像是在做着一种严肃的模仿游戏。对岸湖畔的树林里似有响动，他马上警惕起来，停止呼喝，弯下腰去，把“短刀”收回腰间的“刀鞘”里。他俯身沿湖朝对岸绕行，从后背取下“猎枪”端在手里,检查了一下“枪膛”里的“子弹”。他走到对岸后突然停下，屏着呼吸，似乎要收敛起一切轻微的噪音，眼也不眨，像尊蜡像停伫了整整十多分钟。他又重新吸了口气，煞有介事地“瞄准”，调整着细微到无法觉察的动作。

雪越下越大，覆盖了他的头顶和肩头，他突然扣动食指，开了一“枪”。

空气中似有划破天际的鸣响。

马文兴奋地朝丛林跑去，在林间四下寻找自己的“猎物”。一棵高龄柏树后有窸窣之声，他急煎煎冲过去，看到一串新鲜的剪刀形足迹，是野猪。突然，他觉得小腿一软，剧痛随之爆裂开来。马文号叫一声，倒了下去。

腿上的伤势不轻，他踩到了逮野猪用的大型捕猎夹。这类捕猎夹十分坚固，需要辅助工具才能打开，小指粗细的夹棍死死地咬进马文腿上的皮肉，夹底焊连着一根铁链，令人绝望地紧锁在那棵柏树上。

马文大声呼救，落雪无意地吞噬了他的叫喊。半个小时后有公交车驶过，却在这里甩了站。情况毫无起色，公交车渐渐远去，马文浑身都落满了雪。他第一次想到死亡，竟一声声哭了起来。许久后，一声冷咳掠过湖面，对岸似有人影，静静地站在远处，看戏一般在纷纷扬扬的落雪中朝这边观望。那是酒馆的服务员，不知她已经来了多久。服务员终于开始朝这边走来，马文立刻停止哭泣。在她走近之前，他低下头整理自己的仪表，细致如擦银器，一点点拭净了脸上的泪痕。

她的脚走进了自己的视野，马文抬起头：“你怎么也跑这里来啦？”

"我来打水呀。"

"你的水桶呢？"

她从鼓囊囊的口袋里抽出一个布袋，一甩展开了，说："酒馆桶沉，上冻了，直接装几块冰背回去就好。正巧，快来帮把手。"

马文苦笑一声，撩开大衣，露出受伤的小腿。

她尖叫一声就跑开了。

去新城拉货的老板还没赶回，服务员领保安到勇鉴湖的时候，马文已经全身冰凉，倚靠着树干抱肩颤抖。保安带着一把巨大的钳子，两下夹断了铁链。他自始至终一言不发，抱起马文就朝酒馆的方向走去。保安怀里的马文像个婴儿，他企图说服对方自己还能独立行走，只是需要一点搀扶——逞强而已，这当然是不可能的事。

马文张了张嘴，发觉自己已经冻得说不出话来。

5

按照女老板的意思，马文被重新安置在一楼的一间客房里。那间客房废弃多年，几乎沦为仓库，里面摆满了空箱子，新旧桌椅沿墙排列，门口放着一面遍覆尘垢的俄式全身镜。

汽车喇叭声响起，男老板刚刚赶回，还没来得及卸货，就摇下车窗听到保安的耳语，旋即调头，骂骂咧咧地再次离开了。

半个小时后，他从新镇的某家诊所接来了一位老医生。医生一下车就开始指责酒馆的位置偏远，身为诊所唯一的医生，这种天气外出极其不妥。随后他开始质问马文为何会傻到踩上捕猎夹，马文只是苦笑，像个闯祸后遭受训斥的孩子。

他抱怨够了才开始观察马文的伤势。这个医生似乎并不擅长处理外伤，他在药箱里选了很久，终于取出一瓶生理盐水，先给马文清洗了伤口，随后注射止痛药。注射器蜇在小腿上，刺痛令马文发出一声短促的尖叫。服务员在远处背对着自己，肩膀略有耸动，似乎在笑。小腿渐渐麻木，医生让保安从仓库找来一个类似千斤顶的小玩意儿，帮马文撑开了捕猎夹。

伤口包扎完毕，医生分析说，虽然没有伤筋动骨，但是捕猎夹很旧，夹棍撕裂裤管咬入皮肉后，某种细菌感染了伤口，炎症发得很快，因无法预估伤势的发展，他不能确定几天会好。随后医生强装微笑，说，可以确定的是，只要炎症开始减弱，一旦消肿，要不了三天，马文就能下床行走了。

临行前，医生叮嘱自第二天始，每天早晚都要给马文打一针，直到炎症开始减弱，就可以只服药了，两天之后他会再来一次。打针的任务落到了服务员肩上，推脱不过，她只好临时学习如何进行简单的肌肉注射。

当日的中晚餐与大小解都需要服务员的帮扶才能完成，每到这个时候，马文都要强装出对伤痛的蔑视。痛潮汹涌而来时，他浑身都会绷紧，颤抖的声音会暴露自己的脆弱，他仅用摇头和沉默来做基本的交流。只有汗珠无法控制，一滴滴涌出毛孔，从面颊滚落。到了晚上，麻药的效果彻底消失，马文的小腿疼痛难忍，仿佛灵魂和勇气都从伤口溃散了，仅为他留下一具脆弱的皮囊。过了七点半，服务员离开后，他终于开始呻吟。

适当的露怯可以有效地抵消部分疼痛。直到半夜，随着疼痛一度度减弱带来的引诱，他的呻吟声越来越大，渐渐地，竟有了舒适之感。他终于放开一切，臣服于疼痛的威力，不做一丝伪装，大声呻吟起来。

窗帘开着，玻璃擦过，雪下得很大，一团团银光在窗外的黑暗中闪过。

"笃笃笃——"

隔壁传来了踹墙声，马文的呻吟被瞬间扼断。他这才知道服务员就睡在隔壁，忽然觉得羞愧无比，喉咙里仅剩下一丝细哑的尾音。

第二天，服务员抱来一只小箱子。她对昨夜的事只字未提，只是打了两个很刻意的呵欠，提醒马文影响了自己的正常休息，随后她开始有模有样地准备着注射器。

借着灯光，服务员把气泡挤出针筒，药剂在针头上滴滴答答。马文捋起袖管，尴尬地笑了笑，说："我看啊，干脆打在胳膊上算了。"

“你怎么这么多事！该打在哪里就打在哪里！”她竟格外不满，擎着注射器走来，说，“我还要打扫卫生，赶紧的吧！”

马文一点点褪下睡裤，她走过来，又把裤子猛地朝下一拉，清凉过后就是一阵刺痛。这个女人究竟是什么人啊，她就像条无法交流的水蛭，不放过任何机会钻进马文的皮肉，轻而易举吸出他拼命隐藏的羞耻与怯懦。

当晚，在疼痛的作用下，马文做了噩梦。自己被困在深海无法呼吸，海水挤压过来，他只能像条比目鱼一样匍匐行走。他顶着赤身裸体后的羞耻四处藏匿，徒劳的是，无论躲到哪里，最终都会被服务员一把揪出。这令他焦躁、羞愤，突然在盗汗中惊醒。他醒后浑身湿黏，脑中一片混沌，大厅里传来微弱的讲电话的声音，腿上的伤口变得麻木，一切感官都虚假、错乱，方才的梦境更是荒谬。仔细回味一番，梦中的服务员异常高大，脸却是小钟的。她每次揪出马文，都会拎兔子似的把他提在半空，尖声质问他是不是丢了工作，是不是再次没了收入——这分明是小钟才会关心的问题。

马文彻底清醒，竟看到服务员确实就在床边，她腰板挺直，单手掐腰，正失望地看着自己，这令他想起自己在二〇〇四年的那次不幸遭遇。那年夏天，自己所在的渔船连撞大运，船上所有人都发了一笔小财。有了这笔存款，马文打算投资朋友筹备的旅社，不等他说出自己费了两天才准备好的那些言辞，小钟就发表了意见。她执意让马文购买一辆货车，这样他就不必回到海上靠运气过活。她不断强调，跟着自己的哥哥一起拉货才算正经营生。为此她以离婚相胁，他们吵了一个多月（回想起来，当时要是离了婚，或许也是不错的选择），货车买来后的第一个月，就撞毁报废了。车队有五辆车，只有马文在宽坦的大路上突然侧翻，仿佛遭受了某种邪力。车祸后的第二天，马文在病床上醒来，首先看到的，就是小钟失望的表情。

想到这里，马文别过脸去，男人的泪水永远不合时宜。

服务员从身后推了推他的肩膀："一个叫钟喜的女人让你醒了回个电话。"

"怎么会！"

马文触电般翻过身来。

一楼废弃的客房没有分机电话，服务员把马文搀扶出门，来到前台。电话响了半声就接通了，核实了马文的伤势，毫无意外，小钟严厉地责备了他的愚笨，不等马文开口解释，就挂掉了电话。其间，他听到马启在客厅模仿警车鸣笛的长啸，三五秒一声，听筒有规律地破着音；忽然门外有人敲砸（邻居受不了马启的长啸，过来抗议已是常态），紧接着，马启就哭了起来，伴随着瓷器破碎的声音。

"她怎么会打来这里？"马文没有放下话筒，直接侧脸瞪着服务员，"她没有这里的电话号码！"

“或许是上网查到的吧。”她辩解说。

“小钟不会用电脑，”马文愤怒道，“她怎么会知道我受了伤？”

“你的押金快不够用了——因为额外的医药费，酒馆需要确认一下你有足够的钱。”

“胡闹！你凭什么私自——”马文把话筒猛扣回座机上。

“你别冲她嚷，电话是我让她打的。”女老板从柜台后站起来，“这是这里的规定，打个电话而已，你嚷什么！”

马文不想继续争吵，他站起身，却沮丧地发觉自己无法走回客房。当服务员犹豫了一下，过来搀上他的肩膀，马文满脸的肌肉全部拧成疙瘩，不断颤抖。

第三天中午，雪停下来，云很厚，大雪还会继续。

一点过后，医生搭公交来酒馆为马文复诊。绷带拆下，他的小腿已经消肿，两道凹痕都结了痂。情况好多了，医生围着他的小腿看了看，说炎症消得很快，换一次绷带，再过一天，不出意外，马文就可以试着下床了。医生刚走，马文就偷偷下了床。

他反锁了门，披上大衣，走去照了照那面俄式全身镜。积尘严重的镜面照出的人影模糊难辨，像一张保存良好的老照片。镜中的马文双腿完好，穿着祖父马振山的行猎皮草，脚下蹬着一双漆黑糙厚、泥痕遍布的靴子。他朝一侧缓慢转脸，看到现实中，自己军大衣的肩膀上果然多出一枚黄色肩章，像不知何时盛开在肩头的一朵金花。镜中有一段漆红，看清楚了，镜内映象里，自己耳后的床畔斜竖着的是那把短刀。

马文急忙朝身后望去，却看到了一截折断的鱼竿，地上还盘着一团渔网，死气沉沉地堆在床脚，似能嗅到一丝类似鱼露的腥臭。

6

下午，趁着降雪停止的空隙，酒馆的人正往车上搬着什么东西。隔窗听到院里的对话，可以判断所有人都出去了。马文从床上爬起，扶着墙面和桌椅溜到吧台，找到了那瓶喝剩下的伏特加，贼一样抱回自己屋里。

喝还是不喝，这个问题困扰着马文，他抱着酒瓶打了个悠长的呵欠。汽车开走了，没多久，隔壁屋里的动静有些刺耳，服务员和一个陌生男人争吵起来。从越来越清晰的争吵内容判断，男人是服务员的丈夫，他希望她能回去几日，帮忙照顾家里的老人。服务员则在抱怨自己琐碎的工作，拖着哭腔说自己屡次受到女老板的欺侮，似乎还掀开衣服给对方展示了那道被踢伤的痕迹，说着她就啜泣起来。

争吵变为安慰，紧接着，他们谈到了马文。

“虽说比往年来得早，但是这次暴雪这么大，看样子还要再下几天，你们怎么还没打烊？”

“打不了烊，店里有个客人。”

“客人？什么人会选这种时候来这里，这封林的雪天！”

“谁知道他发什么神经！他还说自己是哪个古代的出名猎户的后代。我跟你说呀——你听我说，你猜怎么着，结果刚来第二天，他早上出门遛弯儿，居然自己踩到了逮野猪的夹子，那给疼得呀——”

一阵窃笑。

“他是不是记错了，他应该是古代野猪的后代。”

又一阵大笑。

服务员嘘了一声，随后两人的对话就听不清了。

夜晚九点，雪又开始纷扬降落，客房里的酒瓶空了，马文醉醺醺地摊在地上。他渐渐醒来，双手撑地，颤颤巍巍直立而起，那条受伤的左腿竟奇迹般站了起来，仿佛某种精神化为实体，替换了他的骨与肉。得到启示似的，马文猛地张开双臂，朝那面全身镜跑去，企图拥抱镜中的影子。在他眼中，镜中的自己同勇鉴湖里的倒影一样庄严伟岸，透露着一种足以压倒一切的勇武气质。一阵翻倒声过后，镜架歪倒在地，镜面脱离镜框，在地板上撒开一片水银色尖锐的花瓣。

额上炸开一道刺痛，马文受伤了。

滚烫的血滴淌下额头，挂上睫毛，酒也就醒了一半。马文在地上爬行，狼狈不堪，本能地哀号起来，不过半声，又立刻坚定地咬在自己的手背上。这种境遇，服务员一旦发现，必然会狠狠训斥自己一顿。那种精神上的折磨会令他更加痛不欲生。

马文捂上额头在屋里爬行，翻箱倒柜找到一把剪刀，从腿上剪下一些纱布，胡乱地给自己包扎了伤口。额上的疼痛转为麻木，耳朵嗡嗡作响，他开始幻听到小钟的声音，急促，短暂，一声声撞击在耳膜上。它们拼凑不出完整的逻辑，尽是一些连不成句的短语：那么笨……偏僻的地方……能干成什么……怎么不看好马启……死掉的人……你妈那种人……一条破船而已……

钥匙开锁的声音终止了幻听。

反锁没有丝毫作用，服务员门也不敲，拧了两下把手就用钥匙去开锁，待马文反应过来，她已经闯到跟前。看到受了新伤的马文摊在地上，她气得双目瞪圆，紧接着就是一连串毫不留情的怨斥。她一手掐着腰窝，一手指指画画，说出来一堆夹杂着广西白话的恶语。她指责马文为何要下床乱跑，这下好得很了，弄碎了镜子又弄伤了额头；她指责马文不懂包扎还要自己乱搞，这包得像什么样子，说着狠狠拽下他额上的纱布。

她抱怨够了，弯下腰准备扶他起来，忽然嗅到一股浓烈的酒气。

“你居然还喝了酒，这是不想活了吗？还嫌不够麻烦——”

马文突然疯了似的推开她的手，就地捡起一块镜片，猛地剜进自己的手心里，再斜着划开一道，血滴滴答答洒在地板上。

服务员蹲在地上失了声，方才的威风顷刻扫地。

马文高举鲜红的手掌，愠怒地低吼着："这样呢！即便是乱搞，像你这种人又能做得到吗？"

面对他疯了般的质问，她蜷缩一团，抱着膝盖朝身后退缩。

"你们有什么资格？一切还不都是因为你们！总是因为你们！都是！"

马文举着血手步步紧逼。当后背触碰到墙面，她捂上心口，呼吸开始变得困难，像是犯了心梗。

"你能做到吗？你做不到！你只会像头猪一样逃跑！"

当他擒住她的手腕，举起锐利的镜片，她弓起僵硬的身体，倒抽了一口气，喉咙里发出一阵呜咽，仿佛在水底窒息，呼吸渐渐停止了。

她的瞳孔急剧扩散，脸上的恐惧稍有缓和，却永久凝固。

他放开她的手腕，看到那块沾血的镜片里，自己的肩章正闪烁着金光。游猎已经开始，他有所意识，起身走出客房，腿完全没有跛似的，嘴里还哼着不成曲调的粗犷歌曲。他来到大厅，很轻松就跳上了吧台，歌声未绝，他逐一踢倒酒架上的瓶子。它们陆续滚落在地，相互撞击，摔得粉碎。他踮脚取下墙上的那杆猎枪，在枪后的装裱框里发现一个凹槽，里面藏着一盒子弹。他没有丝毫惊喜，仿佛一切都在预料之中。他像猎人那样上子弹，端着枪在桌椅之间的缝隙穿行，动作熟稔如一只捕猎经验丰富的雪豹。他身形优雅，枪管划过柔顺的弧线，落地的脚步与地板互吻，没有丝毫声响。他上了楼，老板的卧室在走廊尽头，他用那只受伤的手在卧室门板上留下五道指印，而后像猫一样在门上抓挠，以此试探着室内的动静。门后有了脚步声，马文感觉到了猫眼后的窥探，他把枪放到背后，凑上脸孔。

“大半夜的，这是在发癔症吗？你的腿好了吗？”

马文没有说话，他盯着猫眼，仿佛能接轨门后的目光。

“那谁，你背后是藏着什么吗？”男老板的声音变得警惕。

门把手开始转动，马文把枪管抵在猫眼，门后的人失去视野，他扣动了扳机。门上开了一个碗口大小的洞，男老板侧躺在卧室地板，没来得及呻吟一声就死去了。卧室里传来了一声女老板的尖叫和谩骂，她下了床，急匆匆走到门后，突然惊恐地哭喊起来。

“嘿，看到没有，我帮你打到了一匹雪狼。”

枪管探入门洞，似乎在搜寻猎物。她几乎瘫倒，拖着笨拙的身躯在卧室里寻找藏身之所。楼下传来了一阵敲砸声，保安在大门外呼喊着什么。

“他疯了！他打了老崔一枪！他有枪——”

她打开窗户，呜咽着朝窗外呼救，大风撕碎了她的哀号。

马文撞开房门，闯进卧室。

室内空空荡荡，她已经躲藏起来，窗户开着，风把雪一团团塞进来。他屏息注意着四周的轻微响动，忽然抽身，朝衣柜里开了一枪。衣柜里没人，悬挂的衣物着起火来，一团彩色的腈纶纤维腾开，又一层层飘落。虽然是二楼，那女人若从窗口跳下去，也必然重度摔伤。他朝窗外望去，楼下没有任何人的痕迹。躲在床下的女人趁机爬出，大叫着夺门而去。他急速转身，朝她奔跑的背影开了一枪，霰弹粒打在门上，留下一片蜂窝小孔。他懊恼地咒骂自己，若是在山林里，逃跑的猎物不可能再次被找到。

她逃到楼下，试了两次都不能打开大厅的卷闸门，只能重新寻找藏匿之所。马文下了楼，他面容陶醉，享受着捉迷藏一般的乐趣。他屏住呼吸四下游猎，屋墙似是山体，桌椅似是丛林，风雪在楼上的走廊里呜咽，再没有更完美的环境与猎物。在他的手里，枪声偶有响起。他一枪枪打在自己猜度的地方，子弹一颗颗塞入枪膛，弹壳一颗颗坠落地板，屋里弥漫着令人兴奋的硫黄味。他沉醉于整个“捕猎过程”，搜寻了厨房、吧台前后，渐至酒馆一楼每一个角落。直到手里剩下最后那颗子弹，她依旧下落不明。

他终于厌倦了这场游戏，把猎枪搭上肩膀，走回了自己的房间。地上满是镜子的碎片，一个胖女人在墙角彻底冷却。他无视她的存在，单膝跪在地上，捡起最大的一块碎片捧在脸前。这个时候，他再次看到了镜里的那件圣物。就在自己的身后，曾祖父马振山的短刀如契阔多年的老友，重新出现在自己床头。他从未如此确认，即使整场旅行都是虚假的梦境，此时此地，这把短刀也必然真实存在。他丢开那块镜面的残片，走到床头。

他弯腰触摸刀柄的时候突然改变主意，猛蹲下去，朝地板探低面孔，给躲在床下的女人打了个招呼：

“Добрый вечер！”[①]

捉迷藏游戏结束了，他赢得了她的生命。

卷闸门打开了，马文走出斯特拉酒馆，雪下得正酣，大风尤烈，哨声响满枝头。保安正站在几步外，揣起袖管，朝着酒馆二楼的窗户观望。

“里面发生了什么事？”

马文径自抽出短刀，一声不吭，在落雪的柴堆旁摸到那把短锯，朝他信手丢去。

“快！捡起来！”

他命他以此做武器，与自己打上一架。

“这是在胡闹什么！”

保安厉声呵斥，但还是弯腰捡起了那把短锯。仅仅是一个小动作罢了，或许他不这么做，一切就会渐渐停止。

---

①俄语：晚上好！

“里面到底出了什——”

不等他反应过来，马文就冲了过去。对方没有回应，锯子还耷拉在膝旁。马文失望地修正了砍向对方胸口的动作，刀刃拐了个弧度，侧劈下来，斩断了锯柄。锯片随之断裂，保安瞬间又被缴械。事情来得太快，如此高大的汉子竟完全不知所措。他胡乱骂了一声，丢开手头的一截断锯，匆忙跑回自己的小屋，拉上了门闩。

“呃——”

他躲在床脚，嘴里冒出一声惊惧的嘶吟。

刀刃探入门缝，一点点刮动，发出轻微的咯咯嗒嗒的撞击声，门闩一寸寸挪动。

“求你了，别——”

说话像呛了水，他变得结巴。保安似乎无法承受刀刃刮在门闩上刺耳的声音，双手紧紧堵上耳朵，蜷缩成一团。只需轻轻加固，就能阻止那把刀拨开门闩，但是他不敢上前一步。

门闩掉在了地上，那声巨响在他眼前爆炸开一道刺眼的白光。

马文闯了进来，保安开始把手旁的杂物朝他丢去。简易雪地靴，带水的搪瓷茶缸，废报纸，塌陷的纸箱，都不能减缓他逼近的速度。马文在他面前弯下腰，摇了摇头。他不敢看马文的脸，马文抓起他粗壮的手腕，撩开袖口，抚摸了一把那片虎头刺青，旋即攥紧他的下巴，命他抬起头来。他想说些什么，却已无法言语，马文掐开他的嘴巴，朝里面观察一眼，旋即用刀柄猛地敲上他的脸颊。

一颗金牙滚落在地，马文捡起牙齿，放过了他。

7

民国十六年（一九二七）二月，农历丙寅虎年除夕夜，一场暴风雪把数个互不相识的男人留在斯特拉酒馆。他们用俄、汉、德夹杂的语言谈天说地，谈及细节，需要用到手势比画才能让听者会意。他们喝酒，唱歌，兴起时会朝窗外鸣枪庆贺。其间，一个叫马振山的猎户讲述了自己三个月前那场惊心动魄的山林游猎，他就像山神一般在林海巡荡，与野猪、雪狼和东北虎的搏斗证明了他的骄傲与勇武之气。随后，一个自称是《龙江民报》记者的年轻人对此大感兴趣，他从皮箱里取出照相机，马振山则从脖颈下取出一串纪念品。镁光灯闪过，照片在他的掌心定格——那里托举着一颗金牙和一截断指。

那截断指饱受生活侵蚀，指甲自根部朝上三分之二都灰暗粗粝，没有生命的光泽；从指尖残留的那抹异彩推测，它曾涂过惊世骇俗的红。

镜像篇

1

因为是华北地区的缘故，初看起来，斯特拉酒馆的圆形穹顶有一种理所当然的伊斯兰情调。这里是华北平原，我从武汉乘火车北上，沿京广线来到这片地形平坦的区域。透过车窗，我甚至看到了几个布满阿拉伯文装饰的穆斯林村落。话虽如此，当我走进大厅，斯特拉酒馆残存的东正教气息就开始向世人纠正这个习惯性的误会——此时此地，鼻子警觉起来，嗅到它鲜有的俄式风情。

斯特拉酒馆虽有鲜见的拜占庭风格，里面经营的却是地道的普通中餐，油腻腻的吧台，廉价的酒菜，还有从附近某所大学走来吃饭的少不更事的穷学生。约我来斯特拉酒馆的人叫马尔贺，以倒卖动物牙齿做成的手工艺品和玉石制品为生，他时常向别人提及自己的家族往事和狩猎经历。他的奶奶是姓马的上海人，世界反法西斯战争后期，她随部队转徙东北，抗战结束留居吉林。此后，她和一个苏联人私通怀上了马尔贺的父亲，孩子出世时已经嫁给了一个长春人。这个孩子从母亲那里继承了马的姓氏，长大后在长春本地结婚生子，马尔贺是这个家族唯一的后人。马尔贺的妻子海桑出生在湖北随州，两人于一九八七年四月在北京相识，一年后马尔贺带着海桑一起去了东北，最终在黑龙江西部定居。

马尔贺曾于一九八六年乘火车路经此地，透过车窗，斯特拉酒馆的圆形穹顶富有异国情调，我想这或许就是他选择这里的缘由。显然多年后的这次实地造访，斯特拉酒馆的真容并没有让任何人满意。

我在斯特拉酒馆听他讲述自己的家族往事和狩猎经历。马尔贺脸上和手背上有许多疤痕，微微泛白，没有血色，能看出曾经的伤口有多深。也许是因为俄罗斯血统，他四十多岁就已经开始谢顶，不过从后脑勺蔓延过双耳的毛发依旧浓密。这个拥有四分之一俄罗斯血统的东北人有着一米八二的身高、深陷的眼窝和粗壮的肩膀，以及对寒冷的蔑视，并且对生活充满了荒谬的理解。尽管马尔贺对自己过分怜悯弱者的慈悲保持着警惕，但是依旧不难看出，在这副北方男人的铮铮身骨内也杂糅着不可忽视的南方柔情。

马尔贺还是一个极其挑剔的男人，做交易时，他对彼时彼刻心情的重视程度似乎远高于交易本身。有时候约定的地点太过令人失望，他会不惜放弃一笔十分可观的生意，所以大多都是马尔贺选择碰面地点。这就像处女座的强迫症（马尔贺自认为这更像动物置身野外时所本能表现出的第六感），哪怕空气中有一丝感觉不对，也会成为他做一件事的阻碍，致使交易无疾而终，就像悠闲觅食时忽然变得警惕并匆忙逃离的鹿群。

一九八三年四月十三日，国务院发布了关于保护珍贵稀有野生动物的通令，从此马尔贺所经营的一部分生意被定性为非法买卖。对此，他倒是持有一种“知难而上”的态度。在此后七年多的时光里，马尔贺的狩猎活动不但没有收敛，反而变得更加大胆而频繁，禁令从某种程度上成为刺激他穿越隔离网进入山林的一种动力。

直到一九九三年八月，马尔贺带着一把猎枪，两次深入大兴安岭山林深处的蛮野地带，经过共计九天十夜的搜捕，收获了一只雌性紫貂和一只成年雄性原麝。一个月后，马尔贺在花卉市场的黑市上出手了麝香和貂皮，又为自己的妻子买了一只澳洲虎皮鹦鹉。当晚他就被警察拘捕，以捕杀贩卖国家珍贵稀有动物罪，被判有期徒刑三年，缓刑三年六个月，没收全部捕猎工具和非法所得收入，罚款两万元。经过这场波折，马尔贺家里只有那只鹦鹉手续齐全，因而得以保留。

三年六个月之后的缓刑总结如是说：缓刑期的马尔贺严格执行缓刑条例，起初在家具厂做杂务，而后在林场从事伐木工作。其间，定时上报自己的活动和思想，从来不曾离开居住县境，也不曾穿越挡在山林和居民区之间的隔离网。

“这当然是胡说八道。”在斯特拉酒馆，马尔贺和我迎面而坐，道出他个人对刑罚的荒谬理解，“缓刑比执刑更能摧毁你的自信，执刑就像淬火一样，剥夺去你的身体自由，却还给你更加锐利的意志；缓刑则是从精神层面动手，这把软刀子足以把一个人的勇气剔得一干二净。”

2

马尔贺的妻子海桑是一个身高接近一米七的长春人。二十四岁时，她在北京念大学三年级，对新旧万物都持有一种近似拷问的怀疑。在世界思潮涌入中国的思辨年代，她一度怀疑自己存在的位置以及人生的去向。这时候，马尔贺出现了，他异于他人的沉默和严肃给她留下了深刻的印象。很快，这个迷恋着山林和边陲小镇的男人成了让她跃跃欲试的诱惑和冒险，于是大学毕业后她就随他来到大兴安岭西南部的这个乡镇上。

镇子是景区的一部分，松桦林随山峦起伏无尽，森林在隔离网收尾，甩出零星几棵落叶松和云杉树停在隔离网内的居民区。这里的树枝上大都挂了些腊肉和冻鸡。有人在街道上跳秧歌，有人躺在院子里。这里有笼罩四野的极寒低温和毫不悭吝的柔和日光，有新旧交错的木石屋和中苏交恶年代拆毁的拜占庭式废弃工厂。这便是海桑对这座小镇的第一印象，美丽和荒杂在时间面前一视同仁，不需要多久，一切都会变成让人难以忍受的寂静和平淡。

海桑同马尔贺生活在一起，两个人没有任何结婚手续和证明，也没有举行任何北方或是南方的传统婚嫁仪式。每每想起此事，马尔贺总会抱有几分愧疚。对此，海桑倒是持有一种受害者兼自虐者的态度，她像猫一样，对马尔贺的任何提议都保持着一种柔软而坚定的排斥。若想让自己摆脱婚姻和感情的枷锁，就要成为两人之间的牺牲者，海桑在自己和马尔贺之间小心翼翼地奉献着自己的青春，并对马尔贺的任何回报和补偿都保持着警惕和远离。时间越长长越不难发现，只有遍体鳞伤地守望在道德的山顶，才能看到一点自由的可能。

随着时间的推移，她愈加相信当年没有匆忙结婚是多么明智的决定。如今，她已经不再是那个敢于冒险并满怀期待的少女。现在的海桑只想给自己预留一个逃亡的机会，虽然她知道自己或许永远都不敢把那场不顾一切、惊心动魄的逃亡付诸实践，但是那个机会，她一定要保证它的存在。

缓刑期的马尔贺沉默寡言，经常睡在客厅的睡袋里，或把沙发推到院子里，垫好睡袋躺上去，身上仅盖着一层单薄的毛毯——在这里能看到雾气笼罩的夜色和隔离网后面的丛林，它们诱惑着他。他想象自己穿过隔离网，绕过一丛灌木后消失进一片只有勇气和强壮才能够溶解进去的黑暗中，那场景让他饱受折磨。

每晚睡觉前，他都企图将自己的野心和行程在脑海中上演，细节，高潮，就连意外都要为自己安排好。但是不管是家具厂还是林场的工作都让他心力交瘁，连咖啡都无法让他在十一点之后保持清醒，他开始怀念十六岁时嗜睡的自己初喝咖啡时那个难熬的漫漫长夜——时间被拉长，大脑无比清醒和高效，仿佛能思考完一生的困惑，并且得到令人振奋的答案。

差不多就在那段时光，海桑开始和那只虎皮鹦鹉说话了，只要拿几粒葵花籽，就能让它学几句饶舌的短语。这只鹦鹉对当下几乎没有多少记忆力，它言语不清，现学现忘。为了吃到海桑指间的葵花籽，它会跃跃欲试地张开嘴巴，虽然只能叫出当下听到的某个音调，而且带有严重的南方气息，但这足以让海桑满足和惊喜。其他时间，一旦脱离了海桑的注意力，那只鹦鹉就会不停地在笼子里焦躁地跳来跳去，说着一些类似粤语的杂音。这时候马尔贺的安抚毫无效果，他认为自己买到了一只犯傻的鹦鹉。海桑倒并不为此感到任何不快，相反，她认为这只鹦鹉同自己有许多共同之处，他们同样讨厌室内墙纸的颜色和房子油漆的味道，在这座小镇上承受同样的烦恼和孤独，以及面对马尔贺时的失望和失落。

为了安抚那只鹦鹉，她去花卉市场买了一个鹦鹉站架，准备把它从笼子里解放出来，这遭到了马尔贺的强烈反对。海桑说，有些鹦鹉不愿意被放在铁笼子里，一旦想不开了，它们就会咬掉自己身上的羽毛，最后变成光秃秃的样子。马尔贺说这个站架上没有脚链，根本无法使用；即便装上脚链，鹦鹉也不会那么配合地站在上面；虚假的自由会令它更加焦躁，刚开始的几天它会搞得家里不得安宁。

马尔贺的反对和解释没有起到任何效果，海桑一意孤行。刚刚打开笼子，那只鹦鹉就冲了出来，在卧室里惊叫着，拍打着翅膀飞来飞去，抖落下许多羽毛。马尔贺气急败坏地骂着粗话满屋子追捕它，海桑像个孩子一样在一旁兴奋地看着这一幕，最后他在窗口擒住了这个发狂的小家伙，把它重新塞进了笼子里。此后的一天，为了让海桑停止纠缠此事，马尔贺去花卉市场买了一根脚链，这才让鹦鹉老老实实地待在站架上。看着那只鹦鹉抬起脚，焦躁地啄着链扣，马尔贺说："你所说的那类刚烈的鹦鹉，即便是在站架上，为了自由，它们也会咬断自己被脚链锁上的腿。"

海桑捏着一粒葵花籽，说："它不会。"那只鹦鹉放下脚，用一只眼睛盯着海桑的手，歪着的脑袋随之上下摆动，它叫道："塔牟嘿！塔牟嘿！"

3

离开北京和长春，来到现在的住所，在超市做理货员，海桑感觉自己的一生都在迁就马尔贺。他凭着自己在二十世纪八十年代少有的沉默寡言和捕猎者的身份，对她造成一种别样的诱惑，仿佛在他身上有一种值得用青春和人生兑换的东西。这使她在之后的全部时光都把自己困在他的身边，等待着一个似乎并不存在的美好结局或答案。事到如今，她发现自己是一个多么愚蠢的女人，因为她越来越能够看清楚，那最后的结局和答案很可能就是——这种等待因为没有意义所以永无止境。

那天夜晚，她梦到一片可能属于南半球大洋洲的湛蓝色天空，暖风和潮湿的空气，金黄蓝白色的海岸线，她梦到那只虎皮鹦鹉听到诱鸟的叫声，不顾一切地朝着涂满油胶的粘网上扑过去，下一秒就是徒劳的挣扎，环境变得干冷萧瑟，风雪从夜晚的黑暗中吹打过来。那只鹦鹉落网后的声音把她吵醒，她看到窗户和雾色无尽的夜晚，窗门推开了一半，纱窗上有个一尺左右的撕裂口。那只虎皮鹦鹉不见了，留下梦境中嘶鸣的声音在卧室里回响，像寒风里弹射的玻璃碎片，在她身上割出一道道伤口来。

卧室开了一夜灯，到了凌晨，她莫名的恐惧才消隐而去。尽管大半个夜晚都没有休息，这时候的海桑却完全没了睡意。她听到马尔贺在客厅门后翻动工具箱的声音，那声音细碎、无趣、漫长地持续着。她披着睡衣走出来，看着马尔贺蹲在门后的背影，那是一种男人特有的、徒劳忙碌于某件琐事的背影。

马尔贺感觉到了她的靠近，他在原地停顿了一下，之后继续翻找起来。他在工具箱里摸索了一会儿，之后站起来，头也不回地走向衣柜，打开了右边的抽屉，继续翻找起来，仿佛她并不存在。这时候海桑忽然感到一阵窒息，紧接着肺叶变得僵硬，胃里抽搐腾涌，她的眼圈红了，开始眩晕，想要呕吐。

海桑挪到沙发上，用手捂着额头，轻微地摇晃着。

马尔贺关上抽屉，他一无所获，看到海桑，说："你怎么了？"

海桑擦掉眼泪，说："你终于看到我了吗？"

"怎么了？你是哭了吗？"

"不是我，是那只鹦鹉，它逃走了。"此刻，她没有伤心、愤怒、悔恨、苦恼……她没有任何能够让一个人哭泣的情绪，但是她的眼泪却流个不停。她甚至在尽力控制着，希望这种不合时宜的、正在马尔贺面前迅速贬值的流泪能即刻停止。

马尔贺直接走进了卧室，看到空空的站架上悬吊着脚链，沙盘上散落着鹦鹉的粪便和几根绒毛，纱窗上有一道撕裂的口子。他说："你把脚链调得太松了。昨天晚上听到声音，我就知道发生了什么不好的事。"

海桑说："我怕它咬断自己的腿，这种事不是你跟我说的吗？唉，你快去把它找回来吧。"

"它既然飞走了，那应该就找不回来了。"

"你去顾兴家的捕鸟场看看，或许它落在了他的胶网上。"

她的命令带有强烈的抱怨，仿佛鹦鹉的逃跑都是他的过失。

“那是在深圳人工孵化的澳洲鹦鹉，要是真的飞到了外面，低温就会马上把它冻死。”

海桑变得不安起来，她用双手捂住脸，说：“你就那么希望它死掉吗？是你买来的那只鹦鹉，既然买来了它，你为什么就不能对它负一点责任？”

“我每个月都给它买两次鸟食，沙盘也都是我在清理，你说我还能做什么？”

“这还不够，你难道不知道吗，这根本就不够。”

马尔贺没有继续争辩，他又走到门后，开始翻找工具箱，背对着她：“我的裁纸刀呢，我刚才找遍了工具箱和抽屉，都没有找到。”

海桑没有回答，她失落地站在那里。

马尔贺焦躁地走回卧室，关上了窗户，说：“我老是说冬天要关紧窗户，你总要整夜都开着。还有，你看，鹦鹉的爪子怎么能在纱窗上撕出这么整齐的裂口？”

海桑又哭了起来，她低头独自哭了几秒钟，然后抬头看着马尔贺，说：“不要这么对我好吗？”

马尔贺拿起手套，塞进了口袋里，转身出了门：“我去林场的路上会顺便去一趟顾兴家的捕鸟场。”

4

刮了一夜风后的清晨异常寒冷，房屋的墙皮和松树的枝干在空气中发出微弱的噼啪声。马尔贺还没走进顾兴的住所，就能看到空中搭起的四张胶网，面积很小，颜色发黄，全凭网间捆着的两只录音机播放的诱鸟叫声引来一些榛鸡和云雀。顾兴家门口有一男一女两个年轻人，在篱笆旁搓着手踱步，相互尴尬地说着什么。

“外面的人是怎么回事？”

“是两个广播电台的实习记者，非要采访我，不肯走。你应该看看新闻，收音机、电视台忽然都开始关注起我这行啦，现在的人真是闲了啊。你看，我们家捕鸟也有好几代啦，我祖上就是靠这个留名的。民国二十年（一九三〇年）的东三省，谁没听过我们家捕鸟驯鸟的顾三爷，那时候这可是个了不起的技术营生。可是到了咱们这代，忽然捕鸟就成了伤天害理的坏事啦。这些人是怎么想的，平时炒腊肉怎么不觉得自己对猪太残忍——哎？”顾兴压低了声音，防止被外面的记者听到，“你怎么跑到我这里啦，这不算违反假释的规定吧？你这两个多月一直都在林场老老实实地锯木头吗，有没有偷偷跑去打猎？”

“海桑最近一直都很敏感，我不能再刺激她了。上次警察去我家，闹得鸡飞狗跳，一年多了她都耿耿于怀。”

“你知道吗，因为禁猎的规定，这一年麝香一直都在涨价，翻倍地涨。你要是有现货，我帮你找下家呀。”

“得了吧，我没有。”

一只连雀飞过隔离网，在胶网上犹豫着栖落，发现是陷阱后奋力挣脱。和鹦鹉不同，在困境中，那只连雀用尽了力气挣扎，却不肯发出一声尖叫。那块胶网颤抖着，像被石子连续砸中的水面，忽然又平静下来，那只鸟逃走了。

“唉！”顾兴懊恼地叫了一声，“看到没，天太冷啦，我熬油胶熬得也差劲，现在胶网都粘不住鸟啦，我早晚丢了这个行当。你的那把来复枪呢，那么久不用，也生锈了吧。”

“我的枪早就被没收了。”

“你找我有什么事？”

“我给海桑买的虎皮鹦鹉，它今天凌晨挣掉脚链逃走啦，我来看看有没有被你逮到。”

“那么厉害的鹦鹉吗？那你刚才看到啦，我这才刚开始，到现在一根鸟毛都没有逮到哪。”

“那就没有别的事了。”

他正要离开，又听到顾兴的声音：“你要是打算回到林子里去，我可以借给你我的那把枪啊。”

5

那天在林场，马尔贺遇到了一个意外。

早上的工作刚刚开始，刮了一夜的风渐渐变小，忽然停了，山林间变得像静止的水底。窝棚里烫白菜的味道还留在外地来的寄宿工身上，同组的工友烤足了炉火，在林场里搓了搓手，用斧头熟练地在一株落叶松的树干上砍出一道缺口。马尔贺正准备下锯，这时候，不知道是谁推了一下他的肩膀，马尔贺就顺势倒在了雪地里。然后他听到一声声惊异，组长指着树干上的斧口说，这居然是一株落叶松的异种——它的木质呈鲜有的紫红色，砍掉树皮后散发出一种浓郁的松香。组长弯下腰用指甲刮了两下，说这木质相对而言更加坚硬，光泽也较细腻；这株松树将拥有红木的身价，虽然它乍看起来只是一株普通的落叶松。

然后大家开始笑了，扶起狼狈倒地的马尔贺，说作为新人能碰到这等稀罕事，他是多么幸运。最后，组长拍了拍落叶松的树干，说："哟，还是个混血儿哟，要是你不倒下去，就只能当一棵普通的松树啦。来吧，我们锯倒它。"

马尔贺在锯木时一直盯着双人粗齿锯的锯齿，那就像一排贪婪锐利的牙齿，不停地啃咬在落叶松坚硬的树干上，迅速而干脆地撕裂那道整齐的伤口，锯口两侧一簇簇鲜红的锯末倾泻而出。他感觉四周正散发出一道稀薄如血腥味一般的清香。那株松树马上就要倒了，他盯着锯口，希望锯子能停下来，当然，他的双手却依旧在机械地配合着同事一齐推动锯齿前进。

锯子咀嚼着整个树干，直到咬破另一端的树皮，露出了微红发烫的牙齿。树被锯穿了，却没有倒下，仿佛除了树干，还有精神层面的东西未被割断，后知后觉地维持着一种奇妙的平衡。

组长示意大家安静下来，提醒所有人注意：这棵树坐殿了，大家提高警惕，准备躲避，只需一气游丝，它就随时会向任何地方倒去。

马尔贺不知所措地站在雪地里，忽然组长大喊了一声："横山倒！马尔贺！马尔贺！"那棵大树摇摇晃晃地朝着一边倒去了，对面的同事躲开树干，冲过来抱住马尔贺，两人一起倒在了雪地里。落叶松横着倒向一棵高大的桦树，树枝打在树枝上，发出密集的断裂声，落叶松侧翻过去。组长高喊了几声，命令所有人向远处躲避，只有马尔贺没有离开。他坐了起来，见那棵桦树弯成了一张弓。瞬间的静止过后，落叶松侧翻倒向雪地，桦树怒吼着向回弹去，枯枝败叶漫天而来，大家都护住了头颅，大喊着朝远处跑开。

马尔贺呆坐在雪地里，看着林场里这场意外，来势汹汹的树枝密密麻麻地打在地上，钉进泥土里，刮掉地面上的冰雪，在一些树干上砸出一道道痕迹。马尔贺忽然想到，要是有一根树枝打在自己的头顶上，或许正是他想要的一种结果吧，这么死掉也不赖。这时候他又想起海桑，她最近越来越容易失控和流泪了，她变得惊人的脆弱，他的任何一句话都可能击倒她。他想起她的鹦鹉，它或许已经僵死在了某棵松树下。想到这里，他的两腮发烫，眼眶变得湿红。

一切都安静下来，落叶松倒在了雪地上，只有一些松针夹杂着桦叶，落在马尔贺的衣服上。

“你是不是疯啦！有没有受伤？”组长大叫着跑了过来。

“他是故意的。喂，你知道树枝打过来的回头棒有多厉害吗？”

“他当然不知道刚才有多危险，他是个新手。”组长的语气缓和了下来。

“他来这里这么久啦，怎么还能像个新手？你不知道吗，他的心思根本就不在这里！要不是因为缓刑，他才不会跑来这里和我们一起锯木头，他根本就瞧不起我们这种工作。”

组长拍了拍马尔贺的肩膀，看到他的脸：“你怎么啦？喂，你们都住嘴吧，他肯定是被吓住啦。”

作为伐木工，马尔贺无疑是个一无所知的新手，这时候对他而言，安慰和嗤笑同样锐利。这令他开始怀念熟悉的山林，那里有足以压倒所有人的惊险和恐惧，那里才是他的地盘。在那里，他感觉自己像山神一样，是足以威慑整片山林的主人。

想到这里，他的眼泪更是不停地涌出，要滴落下来。他摘下安全帽扔在雪地上，朝回去的小路走去。大家都看着他，组长开始喊他的名字。他没有任何反应，头也不回地离开了。

6

窗户开着，纱窗上那道撕裂口还在，看来海桑上班又忘记锁门了。马尔贺走进客厅，海桑从卧室走了出来。

“你今天不去超市了吗？”

海桑说：“嗯，你没有找到它是吗？”

“没有。”

她皱起眉头：“你根本就没有去捕鸟场对不对？”

“我去了。”

“你为什么不看着我说话？你怎么现在回来了？”她绕到他脸下，看到他的眼睛，她有些惊诧，这是她第一次见他如此憔悴，“你怎么了？”

马尔贺别过脸去，背对着海桑，没有反应。她没有多想，慢慢把脸凑到他的背上，从身后抱住了他。马尔贺握住海桑贴在自己胸口的双手，沉默许久。他听到海桑在身后说：“我请了两周假，我要回随州一趟。”

“为什么？”他竟有些兴奋，尽管他知道，假如她走了，或许就再也不回来了。

“我妈妈生病了。”

“那我应该和你一起去。”他知道她不会同意。

“千万不要，你知道她不喜欢你，另外我也想一个人回去，”她看着他憔悴的脸，又补充说，“回去一趟。”

“好吧，听你的，你打算什么时候出发？”马尔贺知道自己不能问她回来的时间。

“今天傍晚。”

他知道在平日的傍晚，自己还没有从林场下班回来：“要是我今天没有中途回来，你打算什么时候告诉我这件事？还是你打算就这么一个人直接走了？”

“可是现在我已经告诉你了不是吗？你下午送我到车站吧。”

在那个中午，他们体会到了那种久违的轻松和愉快，他们在那短短两三个小时内所说的话比往日一周都多，这令他们回想起刚刚生活在一起的那段时光，那时候的他们对外沉默寡言，两个人之间却不停地交流，不停地向对方分享着自己的全部，唯恐不够真实和全面，唯恐不够相知和亲近。下午过去，到了傍晚，他送她去了县城的火车站，发现她早已买好了火车票。距检票还有四十分钟时，她开始催他回去。马尔贺和海桑拥抱了几秒钟，便走出了车站。

他回到镇子上，没有回家，而是直接去了顾兴的捕鸟场。

日落之后，顾兴一只手举着霰弹枪，一只手托着一盒子弹：“你最好先走完三公里再开始用它。和你的那把来复枪不一样，这把霰弹枪打得不远，但是枪声很响，要是让谁听到了，查出你来，那你的缓刑可就危险啦。”

马尔贺接过枪，把子弹装进了背包里，搭着枪带，连同背包一起挎在了肩膀上。

“现在就要去？你知道现在是什么季节吗？”

“得了吧，你也相信山神封林吗？”

山神封林是这一带猎户人家的地域俗说，流传于四个邻近山林的县，跨两个地市。十一月至一月的气候太过严寒，此时动物减少，冰雪封山，猎户大都会选择暂停捕猎，等候回暖。早些时候，这种作息规律衍生出了一种令人敬畏的说法——这段时间是山神游山的日子，对外封林，贸然闯入即触犯神明。

更为具体地说，山神是一只东北虎，相传它有接近两米半的身长、浅黄色发灰的体毛和刀劈斧砍一般纵横交错的裂口状花纹，在平均气温零下三十摄氏度的夜晚，身体会在寂静山林里发出微微的蓝光。据报道，俄罗斯野生动物保护组织的工作人员四年前曾在大兴安岭的北部观测到它的存在，大约一周后消失。这说明这只东北虎曾走过漫漫的时间长河，一路踩着霜雪冰岩，穿过松针和山谷，从俄罗斯一直走到了中国境内。

马尔贺穿过了那道隔离网，深吸一口气，大步走进了山林。

他想起了一年前的某个星期天的中午，自己躺在院子里的沙发上，有两个七八岁的孩子在隔离网附近放风筝，忽然风筝线断了。

7

刚刚穿过隔离网还没走多远，马尔贺就感觉自己被什么东西跟上了。它们体积不大，身体灵活，屏住了呼吸，贪婪地踩着雪地又小心地避开枯枝败叶，除了爬行几乎不发出任何声响。这群野兽尾随马尔贺，保持着进退皆可的距离，随着他的步伐调整着自己的速度。

马尔贺恨透了这种跟随。或是乌苏里野猪，或是东北雪狼，它们像鬼魂一样若隐若现，为了击垮一个人而用尽所有耐心。它们潜伏在四处，令人们的恐惧不断增添，直到慢慢变成绝望。那过程漫长却从不中断，就像不起眼的虱子耐心毁掉一个人的热情和健康。马尔贺带着它们在山林中前行，为了放心使用手中的猎枪，他必须跑出三公里，现在的行程只能算是刚刚开始。他需要忽然四处张望着慢下来，又忽然加快脚步向前或向后奔跑，让它们搞不清他是想进攻还是要逃命。

它们紧跟在他身后，躲藏在他视野的边缘，踩过他新鲜的脚印。它们各自调节着呼吸和心跳，这有可能会成为一场耗尽全力的长途跋涉，它们已经做好了心理准备。喘气声夹杂着脚步声在马尔贺身后响成一片，当感觉到它们就要从四周遮蔽物中暴露出来时，他骤然停住脚步，转身弯下腰去，警惕地四处探看，眼下一无所有，只有潜伏在四周碎乱的呼吸。“滚吧！”马尔贺喊了一声，恼怒地用枪杆摔打在灌木丛上，他听到它们匆忙向四处退却的声响——它们不会罢休，严寒为这群胆怯又致命的东西锻造出了最纯粹的执着，只要有一丝胜算，它们就会穷追不舍。

但是这次尾随并没有维持多久，不过几百米，它们就放弃了。

在山林中，反常的变化未必值得庆幸。这时候，马尔贺的注意力向正前方汇聚过去——那里有一团蓝色的影子，远在大概六十米外，透过树干和灌木的间隙，闪烁着，晃动着，在山林间自由地漫步，仿佛无视一切黑暗、寒冷和恐惧。它们的退却和它有关，马尔贺跟随着那团蓝色，不断接近它，企图看清它。

它是一只东北虎，它就像流言蜚语凝结而成的虚幻存在。马尔贺怀疑这只是一种幻觉，但是他又能感受到它不可接近的威严。忽然，他甚至能听到它平静的呼吸，嗅到它牙齿间的腥气，它似乎也感觉到了他对它存在的质疑，于是它变得无比真实。时间和距离都有利，只要这把枪不卡壳，马尔贺就可以在老虎扑过来时连续打完两支枪管中的子弹。他知道子弹打在哪里最致命，作为一个捕猎者，他甚至知道如何下手会让它的死亡看起来如睡着了一般平静。

马尔贺看着那只老虎，他的手指徘徊在扳机上。开枪，他会结束它的性命，从它霸道的威严下夺回对山林的统治；不开枪，对峙会马上变为搏斗，他几乎没有胜算，最终还是要扣动扳机。所以，事实就像地域俗说所要应验的符咒，马尔贺在穿越隔离网时触发了它，在这不到一公里的距离内，枪声都会传遍整个镇子，无论如何，他都将受到山神的惩罚。在缓刑期猎杀东北虎，马尔贺将面临五年以上的牢狱生涯。

山神朝着这边走来，马尔贺握紧了枪。

那只东北虎迈着慵懒而果断的脚步向马尔贺走来，仿佛在走向他的死亡。它的眼神不愿在他身上做太多停留，那眼神流露出的是最高傲的无视。接下来，它看到了马尔贺手中的枪，收回了一只正要迈向前去的脚，眼神也变得凶怒起来。

马尔贺做出了决定，他把枪横过来，举过头顶，扔到身后，紧接着取出匕首，朝它迎面走去。

8

这将是一场迅速的战斗，马尔贺必须在第一个回合就刺中老虎的要害，令它瞬间丧失战斗能力，不然就会反被它猎获。在这种猫科动物的牙齿和利爪之下，人类的皮肤就像日本豆腐一样脆弱。他握紧匕首，保持双脚的灵活，等着它首先发起攻击。这当然不是什么代表绅士风度的谦让，在这场生死决斗中，耐心或许就是最后制胜的关键。

山神没有丝毫要对峙下去的意思，它加紧脚步迎面扑了过来。马尔贺等它四脚都腾空了，无法再改变方向，便迅速朝一边闪开，握着匕首的手则奋力朝着它心脏的位置刺去。它的尾巴躲开了他的注意力，狠狠地抽打在了马尔贺的脸上。他耳鸣了，听到一团刺耳的响声，眼前一片爆炸的红白，泪水也流了出来。他顾不上疼痛，连续刺了两刀，侧身在地上滚了一圈，捂着脸站了起来。血从他鼻下的指缝间流出来。马尔贺检查了自己的身体，他的鼻梁断了，向左歪着，血马上在鼻孔里凝成了块，右眼正一点点热辣辣地肿胀起来。

山神被他刺穿了肺叶和肝脏，它痛苦地叫了几声，在原地抖着身躯，仿佛要把叮在伤口的疼痛甩开。当它意识到自己的伤势，又忽然安静下来，对眼下毫无留恋，转身朝山林深处走去了。

看样子马尔贺应该是胜利了，然而一切还没有结束。他把鼻梁推回原来的位置，捡起枪，跟着正在远离的那团蓝色影子向前走去。老虎向前迈着脚步，仿佛从来没有遇见过马尔贺，只有身上的伤口和地上的血迹证明着他们之间的那场决斗。马尔贺加快了脚步，打算追赶上去，这时候那只东北虎回过头来。它看着他，仿佛正在读取他的思想和境遇。那眼神安静而深邃，让他不愿继续接近，仿佛再靠近一步，就将破坏他们之间某个神圣的协议。

他们就这么一前一后地在山林中行走，仿佛它要带他到某个地方去。马尔贺当然知道，除了死亡他们没有其他目的地。另外，他们也不会走太远，因为马尔贺已经意识到，这只东北虎刚刚负伤，那群难缠的东西就又回来了。它们循着洒在地上的血迹追赶过来，企图成为这场战斗之后最幸运的赢家，将死的山神成了它们最新的目标。这时候，马尔贺开始慌乱起来，在这群野兽的伏击之下保护自己并不困难，但是要保住自己的猎物并维护它的尊严，这将很难做到。这只东北虎是被他打败的，最后却要丧命在这群东西的爪牙之下，这是马尔贺绝对不能容忍的结局。

他紧跟在山神后面，尽量保持着原来的距离。那群野兽追赶上来，毫不犹豫地超过马尔贺，潜伏在老虎四周。马尔贺希望它能够多撑一些时间，多走一些路，走到他可以开枪震慑它们的地方。为此，他大声怒吼着，摔打着周围的灌木丛。最前面的两只野兽开始撩拨那只东北虎，企图激怒它，让它心跳加速，加快呼吸，以便让它大量失血，可以更早死去。马尔贺忍不住要冲上去，用匕首砍断它们伸出灌木丛的爪子。但当他刚要靠近时，它又回过头来，平静地看着他，仿佛注意不到自己当下的处境。马尔贺慢下脚步，放弃了追赶上去的念头。

他终于发现了，它们无法激怒它，在它死去之前，它们也不会冲出来。意识到了这个，他就放下心来。平静的东北虎，凌乱的野兽们，还有忐忑的马尔贺，他们形成了一个队形，就这么在山林间缓慢行走着。他们走了超过四公里的路程，这时候，野兽们感觉到了山神的虚弱。看到它歪乱的脚步，它们躁动着穿梭在它四周，准备着要跳出来。这时候，山神停下脚步，倒下了。马尔贺迅速冲过去，举起了枪。他站在它旁边，朝两侧的灌木丛连续开了两枪，紧接着解下背包，迅速取出两颗子弹装进枪膛，又朝着身后开了一枪。

枪声震荡着整个山林，枯枝败叶夹杂着冰屑雪花扑簌簌落下来。马尔贺听到了凶狠的愠怒声，它们在阴暗处咬着牙低声怒吼着，这才是妥协和放弃的声音。那种愠怒声越来越远，一声声变得微弱，没过多久便消失了。

老虎闭上眼睛，彻底死去了，然而一只在附近冬眠的棕熊却惊醒了。

9

那是一头成年雌性东北棕熊，它刚刚苏醒，视觉极差，不知从何处跳出巢穴，如一个听觉敏锐的瞎子一般冲了过来。它的身体为这次冬眠积累了大量的脂肪，使得整个躯干看起来如一头长毛象。当棕熊奔跑过来，马尔贺果断地朝着它的胸口开了一枪，霰弹枪打在它身上几乎没有什么伤害，反而激怒了它。它直立起身躯，挥舞着前臂朝马尔贺扑打过来。他吃力地闪避开去，根本来不及从地上的背包里取出子弹。于是马尔贺向后跑开了，他顾不上回头，径直跑了十多米，然后像逃生的猴子一样爬到了一棵粗壮的针叶松上。那只棕熊追赶过来，因为冬日臃肿的身体，它已经爬不了树干，试了几次都从离地不到一尺的地方滑落了下来。它气急败坏地喘着粗气，在树上抓出一道道沟痕，最终放弃了攀爬，对着马尔贺凶狠地咆哮，在松树下焦躁地走来走去，后来干脆守在原地，打起盹来。

一切刚刚安静下来，丛林间忽然一阵骚动，那群野兽如瘟疫一样摆脱不尽，这次它们终于露出了自己的第一面——五只雪狼。它们躲避着棕熊的注意力，一只只犹豫着钻挤出灌木丛。它们都很干瘦，皮毛紧贴着骨架，尾巴像一根根枯枝翘起在身后。一只很老很丑的雪狼是它们的首领，它左耳下到鼻尖的部分失去了皮毛，露出了里面的肌肉组织，那里被严寒冻得紫红溃烂。它们像半夜啃咬粮仓的老鼠一样，悄悄地拖行着山神的尸体。只要棕熊动一动耳朵，或在呼吸时喷一声鼻气，它们就会紧贴着地面静止下来，不过五张嘴全都死死地咬在老虎身上，半露出一排排牙齿。

马尔贺在树上挥舞着霰弹枪，大声怒吼叫骂着，呵斥它们离它远一些。它们完全不理会，他气得把匕首扔了过去。雪狼躲开了匕首，警惕地观察着棕熊的反应。棕熊似乎在树下睡着了，对马尔贺在树上的言行毫无反应，有的只是均匀起伏的呼吸。它们继续拖行起来，用了不到十分钟的时间，挪挪停停，一点点把山神拖进了身后的阴影里。

天空下起了小雪，风不大，天气冷极了，积云渐渐遮蔽了月亮，掩盖了整个夜空，四周已经黑得看不见雪。为了避免冻僵在树上，马尔贺把枪挂在枝梢，提起领子裹住自己耳朵以下的脸，开始不断地从双手到脚趾，小幅度地活动着全身，并且防止把支撑自己体重的那根树枝压断。这些树枝在严寒之下变得像冰挂一样冷脆，粗壮却又捉摸不定，不知何时就会忽然断裂。马尔贺撑到了第二天凌晨四点，雪停了，月亮再次出现在低空，照得目光所及处的山林有些发蓝。那头熊已经离开了，地上没有任何脚印和血迹，这场雪清扫了一切。马尔贺站在雪地里，除了落了一层雪的背包和脸上的伤，他一无所有。

这里的日出时间是在七点左右，夜晚会在三个小时后结束，马尔贺该回去了。他为霰弹枪装上两颗子弹，朝着顾兴捕鸟场的方向走去。顾兴的捕鸟场紧邻着隔离网，到了那里，他只要打一个暗语，不过一刻钟，那里就会出现一把人字梯。它将跨过隔离网，把两个世界连接起来。

三个小时后，马尔贺回到了自己家里。他在浴室放了一缸热水，慢慢躺了进去，热水淹没了胸口，他的四肢漂浮起来。马尔贺想到海桑，那列火车应该正在绥化境内行驶，海桑的旅途才刚刚开始。

10

在斯特拉酒馆，马尔贺向我讲述他的家族往事和狩猎经历，谈到海桑离开的那个夜晚。他说因为拿不出虎皮、虎牙，甚至一小瓶被血染红的泥土，拿不出任何证据，那段最值得分享的经历到头来却最不能够得到别人的信任。他说相对于这种故事，别人倒更愿意把信任赐给你失败的感情经历。

其实对我而言，马尔贺所有的经历是否真实都并不重要，所以我想用另一种方式来表达自己对他的信任——我擅长并乐意讨得别人的欢心，因为这几乎不需要付出任何代价。于是我说：“那么法院呢，他们有没有因为这件事而撤销你的缓刑？”当话说到一半，我就意识到了这个问题是多么愚蠢，他们当然没有，即便是马尔贺跑去自首，他们也不会相信他。

但是好歹，我想，我已经表达了自己的信任。

等待路远

1

认识路远之前，王雨露结过一次婚，那时的丈夫叫徐守诚，刚满二十，比王雨露还年幼两岁。徐守诚在马氏窑厂的工人食堂当过小司务，刚出笼软绵绵的馒头，他总不禁猛掐一把。后来窑厂裁员，首先封了食堂，他便第一批失业。王雨露人美，从未上过班，婚后懒了许多，被子都不愿叠，常进音像店买磁带，爱画一些四不像的画。

婚后半年，公婆用礼钱盘下个水果摊。小店一爿，货架躺在地上，八九个格子花花绿绿，两日见一回底，生意也算红火。家里分工明确，公婆管着水果店，防贼似的不让王雨露碰钱柜，又怕儿子累着，合计一番，到底还是长辈两人全扛。干了一季，挣下些钱，婆婆就开始在邻里间嗔怨，说两孩子一公一母没一点用，活儿都叫她自己干了，小辈的只管逍遥自在，也就数钱票子时累上两把手指。话说多了，就进了王雨露的耳朵。

王雨露没反思自己，反倒也开始嫌弃徐守诚，逮到机会就骂他懒散，失业之后只剩下喝酒一件事做。抱怨完了，也给他指条明路，虽然公婆不赞成，王雨露还是坚持叫徐守诚去大城市找事做。

王雨露把话说得严肃，徐守诚不敢无视，当天去找朋友商量。早上出了门，当晚喝得烂醉，倒在邻家门口捅钥匙、捶门，让人扛回来撂到床上。这边王雨露正道歉，那边徐守诚哇啦一声，把刚蹬掉的一只鞋吐满。这事一出，王雨露与他冷战数日。在王雨露那几日的谆谆教导之后，徐守诚就知错了，不顾父母反对，再去找姑母介绍，这次把诚意端出来，就很快谈妥。当天打定主意，要去上海的一家空调厂做事。谈罢了，姑父把半瓶酒蹾在茶桌上，徐守诚咂了咂舌，用手掌盖住杯口，说一声戒了。

一周过后，徐守诚出发去上海。同行的还有几个苹果园的下岗工。客车出了站，一个人起头，大家唱着阳骝镇的《背井歌》。徐守诚不会唱，就跟着对口型，学调子。车到镇口，忽听到声声鸣笛，一辆拉石子的大车炸了胎，半间屋子大小的车头攮进客车肚里。后挂的车厢折过来，轰隆隆侧翻了，石子冲破玻璃，瞬间把客车装满。

出了车祸，镇民到得比消防队快，徐守诚他妈哭着挖石子，手扎得稀烂，刨到的乘客都歪着头，早断了气。还没挖到徐守诚，消防队就来了，没带几样像样的设备，也是徒手刨人。半个小时清空了客车，消防队有强迫症似的，把死人刨出来，摆在路上，码得整整齐齐，脚尖歪了，也要朝天摆正。徐守诚倒数第二个被挖出来，人已凉透，脸尚完整，嘴里含着两颗鹌鹑蛋大小的石块。

那天王雨露回了娘家，顺带搬去一箱苹果，傍晚回来，进门就被婆婆揪了头发，挨了串响亮的巴掌。王雨露直接被打蒙了，想着不就一箱苹果，何至于此。

本来准备还手，知道徐守诚死了，就任她打。

婆婆边打边说："本来在家好好的，你非逼他出去！"

打着打着，王雨露笑了。

按照阳骝镇的习俗，尚未生子的小辈横死，丧葬仪式只办一日，黄昏礼毕，将棺木抬出镇子，故意绕上几段小道，再沿路洒一壶白米汤，司仪称那叫"迷魂酒"。抬棺到了坟地，也不挖坑，直接用红砖把棺材砌在地表，最后拿水泥裹上，待双亲百年过后，方能敲破外壳，埋棺入土。徐守诚的葬礼热闹，镇上的小孩儿都跟着跑，就为到了坟地，等大锅架起来，帮着拾点野柴，最后各分五枚水饺。

徐守诚是家中独子，三代单传的男丁，到这一茬算是断了后。他的葬礼，徐家父母不准王雨露参加。王雨露并不争取，就自己回了娘家。葬礼那天，她倒是照常起居，一声未哭，一直窝在沙发上看电视。她弟王春阳瞧不下去了，说：“姐，你哭两声吧，我知道你难受。”

王雨露说：“本来是该哭的，他妈替他讨了公道，我也就不用再替他落泪了。”

王春阳又说：“没想到徐守诚就这么死了。”

王雨露说：“这是他的命，出不了镇，没有成大事的福。”

王春阳又说：“白事他们不叫你去，回头你去徐守诚坟上看看，跟他说两句话。”

王雨露说：“我都不算他们徐家人了，不好再去徐家的坟地。”

或是迷魂酒真有效果，半个月后，死掉的徐守诚绕开父母，跑去丈人家里给王雨露托了个梦。梦里的徐守诚穿得体面，雪白的西装皮鞋，头也梳过，只是豁了颗虎牙，每每张嘴，一个小黑孔若隐若现。徐守诚说自己过得挺好，在阴间的上海已经上了班，大城市，大公司，十多层的大楼，地处繁华地段，自己也开始挣钱了。这次见王雨露，除了让她放心，别替自己难过，另外还有个请求，说着一提左边裤管——自己的这条腿有点不舒服，老是妨碍工作，麻烦她给家里通告一声，若真不想再去，他也不会怪罪。

死人的请求不好拒绝，翌日晌午，王雨露就去了徐家，把左腿的事说了，旋即就被撵出门去。两天过后，徐家人领着亲友赶去坟地，拆了水泥坟包，扒开棺材，果见徐守诚的一条小腿脱了臼。徐家老人请来了正骨医生，封了红包，替他接上腿，再给徐守诚烧上两盆纸马元宝，就又封了棺材，重新拿水泥塑好。

那是王雨露最后一次去徐家，两年过后，她就爱上了阳骝镇的路远。

2

路远上班的砖窑厂，曾归阳骝镇集体所有。

三年之前，砖窑厂起建，公有土地面积并不富裕，就靠边占了几户镇民的土地。这一占不要紧，两方条件各自跳码，老谈不拢，就闹得沸沸扬扬。到了最后，几户镇民呼朋唤友，拉着横幅围了镇政府。后来县政府派人下来协调，又调了武警，才平息了这场纠纷。协调结果出来，窑厂与镇民各退一步，签下协议：凡土地被占的镇户，都有厂里的部分干股，家属愿在厂里工作的话，窑厂也尽力予以分配。协议拟得豪爽，双方都认为自己占了便宜，等到执行起来，就出了问题。窑厂那边早就想好，所谓干股分红，不过纸面把戏，其实最好处理：到了年底，账上可以作假，就说没有挣钱即可。只是到了分配工作的环节，窑厂这边就出了纰漏。十多号人分配下来，又开除不掉，就都把自己当老板端着，不踏实干活，吃掉利润吃成本，怠工屡见不鲜。再到后来养肥了胆，更有私底下起哄的，搞出些“比谁偷砖偷得多”之类的闹剧。这么一来，挨到年底，窑厂就不必劳心作假，因为真的赔出了个大窟窿。

此后不过三年，镇政府就举手投降，抛开这只烫手山芋，把窑厂外包给了镇民马威。

马威不是等闲之辈，念过大专，在市里有关系，四下跑过几趟，就截断了外地的货源，再撤下两批作风败坏的工人，窑厂的生意马上走顺。外包第一年，年关将至，干股镇民等着分红，马威却私下改了厂名。阳骝镇砖窑厂摇身一变，成了“马氏砖瓦制造有限公司”，虽然从未产过一块瓦片，名字也非得这么叫。工厂的章子磨掉重刻，与公家撇清了关系，原来的干股协议即刻失效。这事被曝光出来，镇上又是一通闹腾。不过这回没起多大动静，先是政府与窑厂互相推诿，各自踢上俩月皮球，趁着这空当，马威又给管事的封了几次红包，镇民闹腾的势力也就从内部遭到瓦解。

时代总在变化，砖窑厂开不长久，这点马威早就知晓，当年包下窑厂，目的也算明确，就是能赚钱时先赚一把。再过三年，果然兴起了水泥砖，马威的人脉使不上劲，货源截不断了，窑厂的生意再次萧条，渐渐地也开始拖薪裁员。裁员并不要紧，只要没裁到自己头上，照常上班的工人们就不想跟着闹事。等窑厂拖了几回薪，在职的工人便生下怨念，积得久了，事情摆上桌面。组长路远站出来出谋划策，领了半个厂的工人签字停工，倒逼窑厂发薪。工人使出这招，窑厂倒也不怵，效益不好，大不了一起干耗着。这么耗上半个月，工人这边先炸了锅，又开始反过来埋怨路远，说他出的什么馊主意，拖薪的问题没给解决，反又招来了失业的风险。

那晚路远领着几个工人去厂里解决问题。进了砖窑，往日红火烤人的灶眼全已熄灭，洞里黑灯瞎火，透气窗里也住进了几窝猫头鹰，整个厂房黑漆漆的，就剩下财务室还亮着灯。人群拥进财务室，见会计马宝正听着收音机啃方便面，工人就跟马宝争论起来。马宝人横，一开始就不露好脸，争论几句理亏了，就开始冲着所有人骂。双方互不让步，很快就动了手。马宝往人群里踹盲脚，蹬倒了好几个人。工人大都忌讳马宝的身份，也不还手，只是捶桌子踹门，最大的动静不过打碎窗上一块雪花玻璃。等马宝的脚踢到了路远身上，这才把暴力升级。路远掸了脚印，解下腰带，四两重的铜扣抽过去，打到马宝脑门上，当场啃下猫舌大小一块头皮。

这事过后，厂里补发了工资，路远的那份由马宝亲自送来。

那天马宝开着轿车来到路远家门口，按了一串喇叭，把路远请出来，先是握手言和，随后就拉他去了街头吃驴肉火锅。就那么几步路，还要开车过来，贱——路远想。到了饭店，点好菜，架上锅，隔开一屏障腾腾的蒸汽，看着对桌马宝脑门上的绷带，路远就说：

“你这头没事了吧？我那晚不该下这么重的手。”

“那回是我先动的武，只是没打过你罢了，这事不怨你。”马宝倒不介意，说着取出一个信封，“这是你的那份工资，两千七百四，你点点。”

路远接过信封，搓开口扫上一眼，红红绿绿。他也不点，直接掀开外套，装口袋里：“早这样，不就用不着那么闹了吗？”

“你说得是，”马宝又掏出个红包，递过去，“钱不多，咱们厂里的心意。”

路远不接：“明天就开工了吧？”

马宝说：“自然要开，工人厂长都要吃饭不是？”

路远就说：“那就行了，这钱你拿回去。”

“这钱得收，还得麻烦你一回。”马宝再把红包往前递，“明天开工，你先别去厂里，影响不好。”

路远这才知道原委，愣了会儿，说：“这是要开除我？”

马宝赶忙摇头：“也不是这意思，别多想，就是让你先歇几天。”

路远丢了筷子，站起来：“不让我去，你看别人谁去！”

火锅吃到一半，路远就离了席，跑柜台把账结下，摔门走了。马宝只是瞧着，看他走了，自己继续捞着驴肉吃。当天晚上，月光正好，路远与父母刚吵过架，自己端着铁盆坐在院里吃面条，脚边盘了只狸花猫，打着散碎的小呼噜。忽然沉甸甸一个红包隔墙抛进院里，砸到了猫头上，路远脚畔马上炸开一声惨叫。

第二天，路远踩着竹梯子爬上屋顶，看到镇郊筷子似的俩烟囱插在远处，都开始冒烟了。窑厂恢复生产，工人们都照常回去上班。路远等了一周，这才恍悟，工友们把他给忘了。

那晚路家围桌开饭，菜刚炒好，冒着热气端上来。路远他爸关了电视，先骂骂咧咧了一通，随后把话展开，将矛头指向路远。话似乎打过腹稿，路远他爸把镇上的舆论总结一番，利索地说给他听：一，瞎出头，讨薪无可厚非，他路远偏要当领头人，又不是打江山，事成了还能封你个元帅当吗——在人群里跟着不也挺好；二，打狗都知道看主子挑棍，马宝是厂长马威的二堂弟，窑厂都是人家的，路远也下得去手，怎么能那么没眼色，瞧把人打得，血流得像宰牲口——简直是跪下来讨小鞋；三，再说那个王雨露，一个嫁过人的二手货，脸长得像个母狐狸，眼角细长，刀子似的尖下巴，明眼人一看就知道那是克夫相呀——他路远偏挑这二手罐子撒尿，也不嫌臊气。前两条数落下来，路远听得满脸骄傲，仿佛他爸说的是表彰词，只差他客气一声“不敢当”。等话锋落到王雨露头上，路远就板了脸，当时手里正在添米，渐渐僵住，忽然丢了木铲，把半碗饭扣到桌上。

3

那月初四，夜里十点，王雨露在家画画，四方的电视机她非画成圆的，瞧起来像面装了按钮的镜子。画到一半，眼花手疲了，王雨露铺展开被子，正要脱鞋，忽听到三声口哨隐隐地响。知道这是路远来了，她就跑到院里，果然看到路远那颗脑袋长在墙头。王雨露被逗得一通笑。

路远站在院墙外的砖堆上，使了使劲，又探出半截身子，肩上挂着的一个圆包袱露出来。

“你背的那是行李？”王雨露问。

路远拍了拍包袱，说：“我要去外边做事了，今晚就走，就现在。”

王雨露不理解：“怎么突然就要走？”

路远说：“这破镇子，养了群忘恩负义的孬人，真是没法待了——我没说你家人啊。”

王雨露问：“你要走，你家里人知道吗？”

路远不高兴了：“我得瞒着他们。”

王雨露赶忙问：“你走了，我呢？”

路远就说：“我这不是来了吗？你快回去收拾收拾，跟我一起走。”

王雨露笑了，说：“不结婚就跟你一起走？我家以后在镇上还抬得起头？”

路远说：“那你等我一年，最多两年，我一回来咱们就结婚，用我挣的钱。”

王雨露嫌他孩子气，不接话了。

路远说：“你不说话，那我走了啊。”

王雨露就说：“你怎么那么急，你先下来。”

路远把手拗成个喇叭，罩上耳郭：“你听，听到没？”

王雨露偏了脑袋，听上一会儿：“听到了，车喇叭。”

路远说：“这是催我呢，那我走了啊，你等着我。”

说罢跳回地上，就跺着脚跑了。王雨露追出门去，路远跑没了影。雪白的一条土路在夜里铺开，其上罩着漫天星斗，路远跑开的方向，悬着瘦不拉叽的一弯月亮。

那晚，王雨露一直在生气，不相信路远真的会走。

路远离开阳骝镇的第二天，街上起了雾，早起赶班的窑工在卫河桥头发现了马宝的尸体。远远瞧见，人坐在地上，仰着脸，头上盖着草帽，像正歇着。走近了，推推肩膀，人硬了，再掀开草帽，才发现他脑门上挨过一板砖。那砖自然是在马家窑厂炼制而成，质量好。据闻马戏团的师傅来镇上扎营，吞铁球，躺钉板，等到表演劈砖时，至少劈了三回，才把马家窑场的红砖劈断一角。那马宝死得惨烈，四指厚的红砖敲得粉碎，马宝左耳以上的脑壳直接被砸平了，印出来砖面的纹路。

除此之外，据厂长马威所言，那晚马宝身上带着的四万货款，也被凶手连包抢走。消息一出，紧跟着又是一阵子拖薪。

命案出来，镇派出所协助县公安局排查走访，问了一圈下来，马上锁定路远，认定他有重大作案嫌疑——在窑厂上班的人都能作证，路远与马宝有过节，两人打过架，后来路远遭到窑厂开除，自然怀恨在心。马宝被人拍死当晚，路远匆匆离开阳骝镇，只跟王雨露说过一声，连他父母都蒙在鼓里，大有畏罪潜逃之嫌。

几条线索扣得严丝合缝，案子基本上就破了，通缉令派发出去，此后路远音讯全无。

4

两年很快过去，路远依旧没有消息，生死不明，仿佛坐实了公安机关的推论。一天晚上，王雨露忽然把过臀的长发剪到肩头，扔了路远送她的一面小镜子。当年晚夏，媒人登门提亲，王雨露考虑了一个秋天，最后答应下来，于当年腊月十八，嫁给了窑厂的老板马威。

马威比王雨露年长五岁，结过一次婚，不能生育。一年前，窑厂生意节节衰败，砖烧多了卖不出去，都积在院里，连晒坯子的位置也腾不出来。马威行事干脆，直接封死部分砖窑，又裁掉一多半员工，把生产规模降下来，用这放血剜肉的方法，恢复了窑厂的业务周转。这次裁员，窑厂没给下岗的工人任何补偿，镇上有人怀恨，趁着夜色，不顾满地泥泞，偷割了马家刚浇灌完正在抽穗的三亩麦地。其后一周，那日黄昏里，马威的老婆来窑厂送酒，走去马威办公室的路上，稀里糊涂跌进煤窑里，遗言不过一声惨叫。酒瓶碎了，她也化成一块焦炭和几缕青烟。两件坏事连着，前后不过半月，就掀起了镇上的许多猜想。马威老婆到底是不是被人推进窑坑的，派出所做过排查，一直不曾明确。两件事马威都没过多追究，该谁的工作让谁去办，办不好他也不闹。倒是娘家人咽不下这口恶气，先是在阳骝镇走街串巷地咒骂，后来又捏了个有鼻子有眼的面人，进滚油炸得焦黄，再插上七根钢针，拿一根红线拴着脖子，挂到了窑厂大院里的一棵老榆树上。

马威不育丧偶，王雨露结过婚，井轱辘、井眼都旱着，镇上最有想象力的媒婆子就把二人撮合到一块儿。王雨露与马威结婚一年半，变得勤快许多，一天要下两回厨房，不画画了，然而依旧改不了唱歌的毛病。好在马威喜欢听她唱，偶尔还开玩笑，说要给她封上几块赏钱。

那年国家提倡殡葬改革，鼓励还土归耕。马威抓住机遇，干脆封了窑厂，将其重新卖回镇政府改建成一个临时火葬场。等镇民回过神来，马家已从窑厂全身而退。窑厂封窑那天极冷，零下过九，镇郊田里的卫河冻成一条冰蛇。说窑厂倒闭，太不吉利，况且又要改成火葬场，马家就把坏事当好事来办。前夜放了几十箱烟花，照亮了整个镇郊，次日又请来秧歌队，敲锣打鼓，扭了一上午，最后点了两盘五千响的鞭炮收尾。闹腾罢了，在院里崩出一地红纸屑。

那日黄昏，鞭炮声刚落停，阳骝镇紧跟着就下了场大雪，不过个把钟头，就掩了地面，把满地的红变回了白。

当晚，马家表堂四兄弟聚在马威家里分股钱，争得面红耳赤，嚷了两个钟头，终于谈妥分毕。马威说话有分量，还给死去的马宝家里匀出一份。正事办完，四个人开始喝酒，打架似的比画着拳头，吵得不可开交。王雨露帮忙掌厨，先炒四个小菜，又端上一盆炖羊肉。过了十二点，酒场正酣，王雨露等不及了，就把剩馒头掰碎，泡在粥里，给狗端过去，自己回里屋睡下。

大雪直下到后半夜，不带间歇，用老人的话来说这场雪，就是人走在路上，不过百米，雪便压疼了肩膀。入夜风就停下，雪落得安逸，窝棚的狗也睡死。

深夜两点过半，酒场近散，四个人都乏了，听到院里一通疙疙瘩瘩的响。门帘一开，忽然跳进来两个年轻人，都拿枕头套蒙着脸，进了屋一阵跺脚，把雪掸尽了。这两人来历不明，一人扛着杆自制的土枪，木质枪柄上镶着一米过半的枪管，张嘴一股南方口音，呵斥他们老实蹲着。叫嚣并没多大威慑力，何况人也半醉，待那锃亮的枪管指过来，四个人都听命蹲下，不敢动了。端枪的镇住场面，摔了两个酒瓶子，顾不得油，捏着桌上的菜往嘴里送。另一人夺下现金，聚回桌上，往背包里拢。这时马威犹豫着站起来，先跺一脚给自己打气，随即骂了句“×”，说：“那土枪只能打一发，猎兔的，打不死人。咱们别怕，伤一个还剩仨，不怕干不过他们两个人。”说着就迎上去，刚迈几步回过头，见另外三人都没跟来，还在原地蹲着，头也不敢抬。收钱那人吓得蹲在地上，拍拍屁股站起来，怒了，背过手去，骂一声找死。旋即从后背掏出一把斧头，只一下，就把马威照颈砍倒，血溅了一桌子。拿斧子这人倒是本镇口音，“死”和“洗”分不清楚。砍倒了马威，他又反过来替马威说话，骂那蹲在地上的三个兄弟都是孬种，骂着骂着就开始动手，几斧子下来，把他们逐个砍毙。这三人都乖，至死也没任何反抗。

两人收好钱，挎包上背，正招呼着要走，屋里的王雨露醒了。听着下头一声声切瓜似的响，王雨露披上外套，方才走出屋门，瞧见一屋子血人，马上吓得凝在原地，不能动了。

端枪的看到王雨露，把土枪捌地上，解开自家裤带，说：“等会儿再走，我要×她。”

拿斧子的说：“瞎耽误工夫，走了！”

端枪的说：“今天既然宰了人，就不差接下来这一出。”

拿斧子的说：“你懂个屁！这就是个镇上的克夫鬼，几年前克死过一个，克跑过一个，连带地上躺着这货，算是又克死一个。明说就是个煞女，不能碰。”

端枪的不服：“你们北方人怎么也这么封建？今天我就要×她，看看谁能克死谁。”

拿斧子的急了，说：“×你妈的×，耳朵聋了？听不见院里狗叫？走了！”

端枪的迷了心窍，不听劝，还是要上。拿斧子的就真生了气，锤掉饭桌一角，抢一步冲过去，用斧侧猛一下拍到王雨露脸上。一团血糊了脸，王雨露鼻子歪了，人倒在地上，差点背过气去。这一斧子拍过，满世界忽然安静，院里没了狗叫，两人开始觉得不对劲。再看门口，帘脚一掀，黑不溜秋一个东西蹿进来，吼着蹦起，一口咬上拿斧子的胳膊。看清了才知道，是院里的狗挣脱了栓子。那狗拖着条链子扑过来，叼上拿斧子的袖子就是一通撕扯。端枪的喊了一声，弃开枪，从那人手里夺过斧子，拿手里攥紧。斧刃跟着狗身子来回瞄，找准了，一下便砍断了狗的脊柱，那狗立刻断了气。

拿斧子的掰不开狗嘴，甩着胳膊回头骂：“×你妈！早走了还有这出？”

端枪的回嘴：“轮得到你嚷？我就不该劈了这狗，就叫它活掏了你的肠子。”

再争执两句，也就罢了。两人不敢耽搁时间，怕再招来镇民，就真脱不开身。死狗还咬着胳膊，三只手一起使劲，还是掰不开那钳子似的狗嘴。端枪的骂了几声，拿斧子照着狗脖子猛砍几下。几声骨折响，另一人胳膊上挂着狗头，就跟着他匆匆离去。

5

那夜过后，王雨露傻了一个礼拜，整个人神经兮兮，看见带尖、带刃的东西就要哕酸水，抱着枕头往墙角里钻。待她情绪缓过来，能回忆，能说话了，派出所那边就派了辆车，把王雨露接去了县公安局配合调查。

公安局烧着暖气，空荡荡的审讯室瞧着齿寒，实际上并不太冷。王雨露在里头等了二十分钟，问话的刑警赶过来，给她送了杯热水，说了声久等，转身把大衣挂到门后。王雨露捧着水杯暖手，并不喝。刑警在对面坐下，掏出个速记簿子，就开始问话了。聊起那晚的情况，王雨露每答一句，他都要迅速在簿子上草写几笔，这就占去了许多时间。王雨露的鼻子复了位，刚拆下纱布，说起话来脸上还阵阵刺痛。刑警手里攥着的钢笔尖在纸上划来划去，王雨露不敢多瞧一眼，眼珠又忍不住要往上瞥。

聊了半天，兜兜转转，刑警又问回罪犯特征，王雨露就说："这个都已经说过很多遍了。听他俩的口音，一个是本镇人，一个是外地人。"

刑警就说："我知道自己问过什么。那你告诉我，那个你们阳骝镇的人，是不是通缉犯路远？"

王雨露愣了，说："不是。"

刑警停了笔，翻回去两页，说："不是说蒙着脸？"

王雨露说："是蒙着脸，用的枕头套。"

刑警想了想，说："蒙着脸你知道是谁不是谁？"

王雨露说："不知道。"

刑警又把本子翻回到最新一页，说："不知道就说不知道。我再问你一次，这次想好了再说，那人是不是路远？"

王雨露就说："不知道。"

刑警点了点头，又开始往簿子上写。王雨露瞥见那一行行连体字，分明的蓝色，硬是又泛起血红。

公安局这边问完话，阳骝镇派出所就派车把王雨露送回镇上。案子太重，派出所这边也要跟进，路上把局里的问题又捋一遍，问不到新线索，就送王雨露回了娘家。王家人照顾王雨露回了屋，这边派出所的车前脚刚走，那边马家人就后脚找上门来。经此一劫，马家的年轻男人将近死绝。王雨露家里挤了一屋子女人小孩，各自皱着眉头。

马家人张嘴就问："说吧，路远在哪儿？"

王雨露说："那人不是路远。"

马家人开始生气："你别给我们打哈哈，公安局都说了，那人就是路远。"

王雨露就说："你别编，公安局没说过那是路远。"

马家人就说："不管是不是路远，那两个人你肯定也都认识。"

王雨露指了指自己的鼻子，说："这还算认识？"

马家人就说："谁知道你这鼻子是不是自己故意打坏的？我问你，你们要是不认识，为什么那两个人连狗都杀，偏就放过了你？"

王雨露说："杀狗，是因为那狗咬了他。"

这句说罢，屋里一时没人反驳，人人都瞪着眼。

等了会儿，从沙发上站起来一个女人，是马威的妹妹，说："妈的，连条狗都不如。"

6

马家大案发生之前，王雨露的弟弟王春阳刚满十九，正在镇上处对象。

老街的媒婆子把事张罗得井井有条，按照男来女往的规矩，起先安排王春阳去过女方家里一趟。王春阳这男孩机灵，说话讨巧。俩孩子在屋里闲聊，众人等在门外，隔着两扇木门，听到屋里那女孩一通通笑。第一回见面效果很好，两个小孩互有好感，这次媒婆子就安排了女方来王家见面。眼下日子将到，马家就出了命案。镇上掀起流言蜚语，各类说法都有，概括起来就一句：王雨露命里带煞，遇谁克谁，克死方休。流言传到女方那边，这家人就有些犹豫。那媒婆子挺热心，上了几回门，把好话说尽了，才把女方稳住，几番商量下来，只是把登门时间往后延上一月。这事办妥了，王家请媒婆下馆子吃饭，想了想，最终没敢带上王雨露。席间，王家表意，想给女方留个好印象，让媒婆出些主意。那媒婆吃舒服了，就提议让王家进一套新家具，再把房子装修一遍。

王家装修那几日，王雨露也跟着帮忙。这女孩身手敏捷，踩着梯子上上下下，比王春阳都卖力。那段时间，一家四口都算喜庆，仿佛忘却了马威的死。装修过了半，王雨露开始觉得体乏，头老晕，偷偷吐过几次。一日正往墙上拧着螺丝，王雨露忽然浑身瘫软，人就像块肉似的挂在了竹梯上。王春阳把王雨露扶下地，撂上三轮车，再给铺一床褥子，就驮她去了街道诊所。

到了诊所，医生给王雨露量了体温，又看了喉咙，并没瞧出什么病来，猜她或许是累了，最后犹豫一番，还是吩咐王春阳带王雨露到医院去做了个体检。两天后，检查结果出来——王雨露怀孕了，三月有余。

看到这结果，王雨露自己也愣了。马威不能生育，她怎么会怀孕？想不通了，再看检查结果，白纸红字直刺眼珠，王雨露就气得笑出声来，把那张纸撕得粉碎。

翌日一早，王雨露去了镇医院。

这次来镇医院，王雨露找的是防疫科的一个医生。人找出来，老实巴交一男的，鼻梁上架着眼镜，姓李。这个李医生是马威的初中同学，去年六月，他来马家喝酒，席间喝多了，吹嘘自己能治百病，马威就提了一嘴自己的问题，说要找他再给瞧一瞧。这回说罢，不知后事如何。王雨露得知自己怀孕之后，想了一夜，脑子里忽然翻到这章，就来找李医生了解情况。两人见了面，李医生请王雨露到听诊室坐下，先是寒暄几句，问候了已故的马威。等王雨露说出自己怀孕，又问到马威的生育问题，李医生果然就知道些内情，告诉王雨露说：

“小马是找我聊过他那个病，我一防疫科医生，在这方面是半吊子，后来我就给他介绍了些去处。像是市里的第三医院呀、省会的男科医院呀，还有长春的两家在业内挺出名的民间诊所……我刚列举一遍，小马就说，大部分他早就去过，都没用，收费还死贵。至于后来，小马有没有再去别处，究竟去了哪家，有没有拿药什么的，我就不清楚了。”

王雨露听罢，陷入了往前一年的回忆。

李医生说：“这事你该清楚呀？”

王雨露就说：“今年头半年，他确实去过几趟外地，吃没吃药我就不知道了。那时候厂子还在，马威常在厂里住，就是他真吃着药，我也瞧不见，窑厂我不常去，”说着说着，就理清个大概，“所以我是怀了马威的孩子？”

“有可能。”话说出来，味道不对，李医生又说，“我不是那意思，不是他的还能是谁——我的意思是，这事还得你来确定。”

王雨露就皱了眉，说：“我能确定不了？就是他马威的孩子，不然我怀的还能是鬼胎？这样，你给我开个证明吧。”

李医生问：“什么证明？”

王雨露说：“马威的证明，就说他的病治好了。”

李医生摇了头，说：“这事我没法开证明。这事只能当事人来证明，我也只能证明我知道的事。”

王雨露就说：“你说得对，这事只能马威来证明。”

李医生不再说话。

“我来还有个事，”王雨露想了想，又问一嘴，“你这里不是防疫科吗？前些天，镇上有人来打过狂犬疫苗吗？”

“这事公安局的已经问过了呀，”李医生不太高兴，还是竖了根手指头，说，“还是那句，是有一个，打了两次了。”

王雨露就问：“是不是咬在了胳膊上？”

“大腿上，就是一小屁孩。”李医生摇了摇头，又劝她，“这事你也别指望了。你听我给你分析。你想想，要我是那个杀人犯，在犯罪现场让狗咬了，我也不会来咱镇医院打针。来这儿打针，那不是耗子闯进猫窝遛弯儿——找逮吗？你说是不是？而且咱们镇上，好些人平日里叫狗咬了，有侥幸心理，压根也不去打针。人都不打针，你还找什么？”

话聊死了，王雨露要走，到了门口，又回来交代：“你不开证明也行，我能理解。只是马家人恨我，这事我跟他们说不清楚，麻烦你暂时给我保个密吧。”

李医生有些为难，说：“放心，我也犯不着跟别人说呀。不过要说这种事——你想，那纸能包得住火吗？”

王雨露想了想，说：“清静一天算一天吧。”

7

希望就不该有，哪怕碎如鸡毛蒜皮，也可能拿得了鸡毛，拿不到蒜皮。所以王雨露这个鸡毛蒜皮的希望，终究还是落下空来。

那些日子，王家刚装修完，新进了家具。一排白沙发，两架黄衣柜。赶上家装店搞活动，又额外送了个茶几和一盏大顶灯。茶几普普通通，那盏顶灯十分气派，吊上天花板，三串钻石玻璃沉甸甸坠着，夜里打开，照得满堂辉映。那天入夜，王家正吃晚饭，王雨露炒了四个菜，最后一盘瓠瓜鸡蛋上了桌，刚坐下，大门就被擂得一通通响。直到王春阳过去开了门，那只猛擂的拳头才停下来。门外搠了十几号人，五六盏手电筒照过来，晃得王春阳睁不开眼。

王春阳打开院门灯，这才看清是马家人，四五个女人，身后还傍着一伙凶神恶煞的陌生男人。

马家人进屋直接围了饭桌，马宝的妹妹先开了口，冲着王雨露就喊："我再问你一次，路远在哪儿？"

"不知道，"王雨露懒得搭理，筷子还在手里，冷冷地说，"说了不是他，你们有完没完？"

马家人就说："即便不是路远，你也有别的野男人，你瞅你那个肚子。"

王雨露还夹着菜，说："我是怀孕了，不过孩子就是你们家马威的。你们愿意信就信，不愿意信拉倒。"

马家人就说："说这话，自己信吗你？"

王雨露说："我说了，你们不信拉倒。反正这孩子生出来姓王，不姓马。"

马威妹妹把王雨露的筷子打落，说：“你怎么这么不要脸。”

王雨露说：“你们再胡闹，我就报警了。”

马家人说：“你他妈的，报警也是抓你。”

这时候，院里一个男人攥了根撬棍，挥着喊：“这事派出所不管，咱们自己抓赃！这贱人在外头偷人，又合着伙把自家抢了，还有天理吗！那钱她肯定有份，瞧那大灯装修得——要我说，咱也别在这儿磨牙叽叽，直接翻！”

那人刚喊罢，后边的人群就行动起来。一群男的闯进屋里，把王家人都按住了。王春阳脾气大，跳出来两男一女才把他撂倒，按了胳膊腿，再过来个胖子坐他腰上，终于将其彻底制伏。

拿下了王春阳，人群就开始四下翻找赃物。抄底掀了几个抽屉，把东西倒地上，都是些线头杂物，没什么线索。再看衣柜，攥着把手晃几晃，到底没能拉开，发现上着锁。也不管王家人要钥匙，直接一榔头敲开了。成堆的衣服刚扔地上，三四个女人就围上去，撅着屁股一件件展开，仔细掏遍所有口袋，最后从件棉袄内袋里找到了王家的银行本。银行户头开的是王春阳，看了余额，加上袄兜里的十来张绿票子，也不过八千多块。查钱的宣布了数目，马家人立刻激动起来，说这一家四口人，就他妈这么点钱？谁信！倒过来想，若真如此穷酸，又怎么舍得这么装修？所以肯定还藏着大头，还得继续找。理论充分了，再翻起来，动静就大。衣柜挖空了，再没找到大钱，不要紧，还有办法。一个男人从厨房捉了刀出来，路过王家四人，一刀宰了那张白沙发，把弹簧絮子扯出膛来，依旧没钱；又把新铺的木地板撬开，每撬一块，三四个手电筒一齐照进去，期待着有所收获；地板下也没钱，人群又开始往墙上动心思，一寸寸敲着指节找暗柜；暗柜也没找到，再把院里的地砖也都翻开，掀到最后一块，终究还是一无所获。人群越来越激愤，捏着拳头不知朝哪儿使劲。这时有人又来了灵感，朝天一指，还没明说，这群人就会了意。几个人一起动手，挥着竹竿把天花板捣毁，派两个小孩儿攀梯子上去，把椽子一根根摸遍。折腾两个多钟头，把米袋子也兜底倒了，王家新装修的房子就又变回了一片毛坯，家具东倒西歪，床挪了位置，像是遭了洗劫。忙到最后，人群在老屋墙根找到个硬币大小的墙洞，拿手一抠，变大一倍，能塞进个乒乓球了。便有个女人大叫一声："找到了！"四五个男人一拥而上，挥舞着撬棍，顺着洞口一块块把砖掀开，沿墙挖了三米有余，从洞尾逼出来金灿灿一条大蛇。四五个手电筒照过来，那大蛇慌了，弹簧似的跳出两米，绕着几十条腿溜出门去。

马家人在王雨露家一直折腾到后半夜，派出所也出了警，民警端着喇叭在院里严声警告。马家人就只能作罢，临走不忘撂下句狠话："算你们藏得好，钱留着吧，每人打一副好棺材，他妈的。"

8

砸房事件发生之后，因没找到赃物，马家就占不上理，先是赔了王家九千块，又托了老人讲和，写了道歉信，最后又给王家送去两千，才免了原定的拘留处罚。

此后一周，镇医院的李医生来找过王雨露。那天刚过晌午，李医生来到王家，进门瞧见破败的院子，马上吃了一惊，以为这是受了辱，人要搬家。王家院里，被人逐一掀开的地砖堆在墙角，还没来得及铺回，只是拼凑几块，铺出来半米宽的一条路，供来客行走。两天前，王家人动员起来，正准备重新铺好这院子地砖，父母搬砖，王春阳打好直线，刚放下一块，天就降下雨来。铺砖只能暂罢，王雨露执拗，冒雨铺出一条路来。王春阳给她打伞，她偏要推开，路铺出来，她也淋得浑身湿透。王雨露站在雨里，忽然就笑了，摇着头往天上指指戳戳。

那天李医生登门，见了王雨露，说："你的事，不是我说出去的。"

王雨露说："我信你，这事我知道瞒不了。"

李医生就说："瞧这老马家干的事，真是出了格了。"

王雨露倒是心宽，说：“他们也是憋着气。我早说过，这事跟他们说不清楚。”

李医生不再说话。

王雨露拎了个暖瓶过来：“你找我有事？”

李医生这才想起正题，弯腰凑近，压低了声：“还真有个事，不过话先说头里，我不知道是不是巧了。回头搞清楚了，要是误会一场，你别失望，也别怪我。”

王雨露正给他倒水，就说：“什么事呀？——你别那么说，我怎么也不会怪你。”

李医生捏了下杯子，杯壁烫手，又松开，说：“今天早上，我们科室去县医院进疫苗，医院病房里正闹事。我听他们说，县里有个咱镇的男孩，看模样也就二十五六岁吧，是个混子，昨晚喝酒喝死了。我听说，那男孩的一条胳膊上倒是有个挺新的咬伤，不知道是不是你要找的那人……”

说到这里，王雨露就放下水壶，也顾不上招待李医生，就骑车赶去了县里。一路上风风火火，到了县医院，王雨露喘着气，随便拽了个护士就问：

“昨晚上喝死的那人呢，在哪儿？”

那护士问她是谁，王雨露想了想，就撒了谎，说是那人的亲戚。

护士搞不懂了，说：“亲戚？晌午那拨家属已经走了呀，你这门亲戚怎么来得这么晚？”

王雨露就问：“走了？那人呢？”

护士说：“你是说死的那人？”

王雨露说：“是。”

护士就说：“也让你们镇政府的人抢走了呀。”

王雨露听罢跺了两脚，撒开那护士就出了医院。这才刚到县城，气还没喘匀，又要蹬了自行车往镇上赶。时间虽是春季，架不住日头正烈，两趟下来，晒得她两条胳膊上的汗毛孔都炸开了，视野里满是透明的火星子。

回到阳骝镇，王雨露一路打听，就找到那人家里。

这家门槛前撒了一线炉灰，挺老的风俗，证明确实是死了人。院门开着，王雨露跑进去，院里空空荡荡，再进屋里，也没找到人，忽见床上坐着个不会说话的老头子，就吓得退上一步。王雨露走过去，晃着那老头的肩膀，问他家人都去哪儿了。那老头不给反应，再问几句，他竟流了泪。王雨露撒了手，又给他掖了掖被子，就回到街上。

人到街上，身后呸呸地响。几个邻居正在闲聊，嗑着南瓜子，呸呸吐着壳。王雨露找他们一打听，才知道死掉那男孩没能接回家，而是让镇政府的人从县医院抢走，直接拉去了镇郊火葬场。家属们自然也都跟在后头，一起过去，只把那中风的老头子留在家里。王雨露又骑上车，拖着怀孕的身子，这么几通奔波，满头大汗。赶去火葬场的路上，王雨露的腿渐渐使不上劲，看着远远的那根烟囱正冒着白烟，心里愈发焦躁。到了地方，窑厂大门添了一道整尺高的门槛，骑不进车。王雨露手脚打软，把车就地放倒，跨过门槛，走进大院里。

这地方生疏了，王雨露有四个多月没来过。时间并不算长，这里却彻底换种光景——原来的几排砖坯垛子一个不剩，野草生得满地，有些正开着杂花，四下散落着些铜钱模样的新旧冥纸；院子中间仅留一条枯黄小径，是由人脚踩出；靠墙的两列小树全给锯了，院西那棵老榆树倒还挺在原地，比往日长疯了些，最粗的那根树杈上，尚留着绑面人的细线，只是红色早已褪尽，也短了半截。

王雨露软着脚沿小径跑开，闯进了焚化间。到时已然晚了，那男孩的尸首早进了火化炉。炉内大火烧得正烈，一家子人围着火炉，都蹲着哭。牛舌头似的火苗从观望口一下下舔出来，一舔一断，化成一匹匹火马消失。

再等五六分钟，焚化炉熄了火。遗体烧罢，焚化员戴上口罩，从炉子里撮出来一簸箕骨头渣子。王雨露凑上去看，分不清哪块是哪块。本家人瞧这女人面生，却也跟着死命地朝前挤，就觉得无法理解。

本家人问王雨露是谁，她说自己不是谁。

本家人问她是不是找错人了，王雨露说自己没找错人。

本家人问："你认识亮亮？"王雨露也问："他叫亮亮？"

本家人听了，就觉得王雨露是个神经病。

9

死了的那男孩今年二十五岁，与王雨露同姓。建窑那年，厂子占了这户王家六亩多地，他家本来分了窑厂最大的一支干股，不料后来厂子外包，马威又改了厂名，协议也就失效了。后来，马威给他家封了个五千块的红包了事。这户王家做过生意，也试着栽过苹果林，都败了，家里老人又生病中了风，日子便越过越穷。再过两年，王家长辈把这旧事都忘了，唯有那孩子还一直惦恨着窑厂。初中辍学之后，他曾半夜翻墙跑进窑厂大院，毁了几百块砖坯子。那天运气不好，这孩子翻墙出去时崴了脚，躺在地上嗷嗷叫着，就让三个巡夜的逮个正着，先打一顿，后来扭着胳膊送去派出所，给拘留了三天。四年前，他又因盗窃罪蹲过一年半监狱，出狱之后一直在县城、市区胡混，再没回过阳骝镇老家。马家人是否被他所杀，已然死无对证。事到如今，这孩子终于把自己给折腾死了，本是死在了县城，却还是没躲过那座窑厂，到头来，又被强行拉去焚化。

人没了，遗体也被焚尽，算是连个核实的机会也没给王雨露留下。

从窑厂回镇上，王雨露心灰意冷，推着车走在田里，就开始自言自语：“就让我看一眼怎么了？哪怕看罢了，弄错了，真不是他——就看一眼不行吗？”越想越气，头发下边那张脸就自发笑了。这种情绪反应连王雨露自己都觉得奇怪，伤心也好，生气也罢，情绪一动，脸上就笑。镇上说她是“煞”，也怨不得流言。

翌日下午，王雨露还是决定把话捎给马家人。

那趟她去马家，赶上马宝的姐姐过来串门，腿上挂着个六七岁的女孩儿，正撒着娇。那小孩儿瞧见王雨露，就从她妈腿上下来，低了头，嘴唇自己掀着，像在骂人。王雨露也不多说，直接告诉她们：昨天镇上死掉的那个姓王的男孩，很可能就是那晚的行凶者，只是自己晚了几步，没能核实。马家人听后自然不信，呛她一嘴：“你怎么不去跟公安局说，端出来个死人糊弄谁？”

王雨露就说：“那案子要是真有我的份，我还会这么一趟趟地替你们跑？”

马家人说：“既然没你的份，那你干吗操这门子闲心？”

王雨露一听，也觉得挺有道理。想了很久，忽然又说：“是不是只有我死了，才能证明自己的清白？”

瞧她真有死意，不像撒谎，马家人就不再说话，各自垂了脑袋。

告诉了马家，也算了结一桩心事。

这次没人撵她，王雨露走出大门，来到街上，忽然停下脚步，感觉肩上轻了不少，仿佛两家的恩怨正在消解。再想迈步，耳朵里就响起来一个男声，这声音很像马威的，警告似的说：“别动，再站一会儿就行。”让她别动，王雨露偏不听，就迈开步子。再听耳朵里，那男声叹了口气，不再说话了。没走几步，王雨露就听到马宝的姐姐在院里喊：“那你去死呀，活着还准备害多少人？”

回家路上，王雨露迎面撞上姓王那男孩的出殡队伍。也就四五米长，前头走着父母，后面稀稀落落跟着几个小辈。这边政府已然不让土葬，那边他家还要搞这一套，兜兜转转一大圈，最后还是得把装骨灰的棺材抬回家去。那么执拗干吗呢——王雨露想。出殡的队伍走远了，再瞧起来，实在萧条得可怜，还有些寒碜。队尾的小花圈拿反了，两边贴着挽联，歪斜的毛笔字写着亡者姓名。

看清了那三个字，王雨露忽然想起来这男孩是谁了。

他叫王自亮，四年级时与王雨露同过班。即便在小时候，王自亮也是个没事找事的野孩子。一天凌晨，校门未开，尚摸着黑。王自亮背着个鼓鼓囊囊的书包从茅厕翻进校园，用砸扁的铜线捅开了教室的三环锁。这小孩溜进屋里，绕过几张桌子，来到王雨露的课桌前，忽然往里头塞进了一大堆点地梅。

事办得急，星星点点的碎白花瓣撒了满地。

10

此后一月无事。

那晚王雨露躺到床上，把一只手掌贴上小腹，迷迷糊糊哼着歌，恍惚间看见马威坐在梁上，人有巴掌大小，正晃着拇指长短的两条小腿，给她打着拍子。王雨露清醒过来，感觉肚子里实实在在游着条小鱼，正四下轻轻撞着。熬过十一点，王雨露关了灯，正要睡下，院里就响起了三声口哨。王雨露不理会，那口哨再响三声，极真实，她就猛坐起来，跑到院里。

四下无人，墙上空空荡荡，王雨露犹豫着走到门外，一低头吓了一跳。一个黝黑、疲瘦的男人蜷在她家门口，两只手还攥着，准备继续吹口哨。抬头看到王雨露，男人咧嘴笑了起来。王雨露知道这就是路远，虽然他与记忆中的路远对不上脸，实在认不出来，但是王雨露心里清楚，这就是他。

路远说："你还好吗？"

王雨露倒是出奇地镇定，说："我没梦到过你，就知道你还活着，你回来干吗？"

路远的表情有些腼腆，说："过来看看你。"

王雨露就问："路远，你跟我说，马宝是不是你杀的？"

路远说："不是，我没碰过他。"

王雨露问："那你这些年都在干吗？"

路远就把自己的经历说给王雨露听。

三年前，路远被窑厂辞退，又与家人大吵一架，一赌气，就在初四那晚离开了阳鄙镇。离乡之后，路远去了广州，在一家机电制造厂干了半年。那半年他老生病，请多了病假，没有工资还要拿药，自然就没攒下钱来。这么受了半年苦，路远就有些后悔，悔意刚起，就开始失心疯似的想家，想王雨露，想得在床上窝成一团，终于决定回来看她。车过河南卫辉，到了服务区，路远听见一阵乡音，是几个本市老乡在闲聊本城奇事。聊着聊着，嘴里蹦出个"路远"，味儿就不对了，再说下去，路远这才知道，自己稀里糊涂的，就成了杀死马宝的通缉犯。当时他还很乐观，心想，既然自己并未杀人，天理昭昭，哪怕回去自首，只要把话说清楚了，案子自会水落石出。想归想，大巴要开时，他又不敢上去了。派出所既能搞错一次，就可能搞错第二次，可路远的命只有一条，他害怕自己回去，来不及辩解就稀里糊涂被人毙了。犹豫半天，终于下定决心，车不能上了，还是先躲着。此后路远就改了名字，在中原四处浪荡。活儿倒是好找，全国都在搞生产，所有的厂子似乎都缺人。有些工作不靠谱，路远拿了两月工资就走；有些工作还算稳定，不过时间一长，路远就老做噩梦，听不得敲门声。半夜睡下，梦里要么被人指穿身份，要么直接被几个警察抓获，直接拖到郊野枪毙。一天下来，提心吊胆好几回，哪怕工作安稳，他还是得走。躲了两年后，还是没等到翻案。有次在石家庄的一个建筑工地上，路远竟被工友认了出来。那人与他关系挺好，住一间宿舍，每顿饭都要聚在一起闲聊。也不知道怎么回事，他就发现了路远是个通缉犯。

王雨露问他："接下来呢？"

路远就说，那个工友是广西人，不知为什么会跑来石家庄打工，他比自己岁数小些，或许也念着情谊，也没告诉旁人，只是要"借"路远一些钱来花。路远觉得与他关系还算亲近，就掏出肺腑之言，向他辩解自己不是通缉犯，那案子是错的。工友听后就翻了脸，说你别来这套，不给钱我就报警抓你。路远怕了，那人嘴上这么说，也没报警，直接动起手来，还翻出藏在床底的钢筋棍威胁。路远身手比他好，揪打两个回合，就把钢筋劈手夺来，一下敲到对方后脑勺上。也不知打到了哪根筋上，那工友浑身僵硬，扑通一声栽到地上，摆出个磕头的姿势，不再动了。路远走去瞧他，这人眼还睁着，鼻孔里却没了气息。

这回真杀了人，路远就连夜逃遁而去，一口气跑到了云南。

路远告诉王雨露："云南真的是好地方。人少，他们的话我听不懂，我的话他们也听不明白，最适合躲着。我就想，从此以后，自己装个哑巴也挺好。”

听到这里，王雨露就问他：“那你现在怎么又回来了？”

路远摇了摇头，说：“老做梦，梦也变了样。以前我是冤枉的，我没杀马宝，天知地知，说了你可能不懂，光这一点，就能激着我求生。石家庄那件事发生之后，情况就不同了，我是真的成了杀人犯。自己忽然搞不懂了，看什么都看不透。不管白天黑夜，脑子经常会跳出个声音，问自己跑什么，问自己为什么还活着。”

从石家庄往云南的路，超过两千公里。一路上，路远一直感觉有东西跟着自己。他越来越确信，是那个死掉的工友，他跟着自己一块儿去云南了。即便到了这地界，语言不通，像是有了新身份，每晚闭眼，他还是能看到那男孩儿坐在自己床畔，眼睛睁得直愣愣，眨也不眨，就那么干望着自己。后来路远就想通了，原因倒也简单，就是自己真犯了罪嘛。真罪他躲不掉，既然躲不掉，那也不必再躲了。杀人不过偿条命，道理明摆着，路远无话可说，那就不如回来，不如死在阳骝镇。

说罢了，两人一阵沉默，遍地的蟋蟀在暗处躲着，疯了似的叫。

路远问王雨露：“你呢，你的事我听说了，你打算怎么办？”

王雨露想了想，说：“我不知道。马家人想让我死，马威又给了我一个孩子，我觉得他是想让我活着。”

路远点了点头，说：“你能这么想，挺好。行，你回屋吧，我得走了。”

说罢起身离去。王雨露问他：“你去哪儿？”

路远把手一指，说：“我也回家。”

11

第二天，路远换了套松松垮垮的衣服，就去了镇派出所自首。

到了所里，路远刚报了姓名，不等坐下来，里头就炸了锅。户籍室的人也去报案大厅围观，但凡瞧见过路远的都有些失望，说杀了那么多人逃了这么多年的悍匪，竟如此瘦弱，还他妈蔫不拉唧的。所长接到电话，警服挂在门后来不及摘，就从县里的饭局赶回阳骝镇。到了所里，先呵斥一通各科室的人，叫他们赶紧回去办公，随后喊来个民警，把那人的警服扒了，给自己换上。

两人一起进了审讯室，开始向路远问话。

那民警问：“三年前，你是因为和马宝有过节，所以才杀人抢钱？”

路远说：“我没杀马宝。”

所长并不满意：“没杀人你跑什么跑？”

路远笑了笑，没有回话。

民警又问："你是什么时候回来的？这几个月都藏在哪儿？"

路远说："我刚回来，没藏。"

民警有些糊涂了，说回正题："三个月前，你从外地回来，是因为记恨马家人开除你，马威又娶了王雨露，这才要杀他们兄弟四个？"

"这事与我无关，不过你说是那就是吧。"路远想了想，补充一句，"我跟王雨露没什么，你们别把我俩往一块儿拼。"

"你别来劲！"民警拍了桌子，站起来指着路远的鼻子。所长叫他坐下，换了自己问："你这趟回来，见过王雨露吗？"

路远就说："昨天晚上见过一次。"

所长又问："就这一次？"

"是，"路远停了一会儿，说，"给我杯水。"

"把自己当大爷了？还知道要水！"民警这么说，倒还是给他接了杯水。所长掏了根烟递过去，路远没接，仰脸喝下半杯水。

所长又问："那晚你为什么没杀王雨露，你不恨她？"

路远想了想，说："你想让我杀了王雨露？"

"你他妈老实点！"所长也拍了桌子，意识到失态，镇定下来，又问，"你既然承认马威是你杀的，那你胳膊上怎么没咬伤？王雨露说杀人那晚，你的胳膊被狗咬过。"

"我没承认杀过马威，那是你们这么想的。"路远说罢，屋里一阵沉默，他想了想，又说，“这事别问，越问越不清楚。”

民警又问：“你还犯过别的事吗？”

路远低了头，说：“犯过。两个月前，我在石家庄杀过一个广西人，这次是五命抵一命。”

民警被说晕了，什么五命抵一命，掰着手指头算不准人数。所长又拍了桌子，站起来说：“又给我来劲是吧？该认的认，不该认的别往身上揽！什么石家庄，什么广西人！你少给我来这套。是你犯的事跑不了，不是你犯的也冤不到你头上。”

路远点了点头，就不再说话。

12

一个月后，马家的案子还没查清，很多线索对不上号，路远口中所谓的广西人，始终没有找到下落。而路远本人，县拘留所的人都说这孩子明显是不想活了。绝食数天后，路远如愿饿死了自己。

在阳骝镇，犯过杀人罪的死者不办白事，怕仇家跑来捣乱，埋棺也是挑在半夜，坟位不留标记，也是为了防着仇家前去羞辱。路远死后，不知埋在何处。那天深夜，拖拉机拉着棺材突突开过，镇上响起一片犬吠。稀落的哭声经过王家大门，王雨露就知道这是在埋路远了。

凌晨四点多，王雨露听见三声口哨，下床走出门去，看到路远正在自家院里站着。

路远说：“天快亮了，我过来看你一眼就走。”

说着转身走到墙下，再朝前走，就一下下碰到墙上，像个瞎子。

王雨露就说：“你走正门。”

路远回了头，说：“不能走门，门口有狮子，我得翻墙。你家这院墙太高了，我翻不过去，你去帮我搬几块砖过来，让我垫一下脚。”

王雨露进屋挑了个小凳子拎手上，再回到院里，发现路远已经蹲到了墙头上，正弓腰捂着额头笑，似乎在笑她是个笨蛋。王雨露抱着凳面，三条凳子腿在胸口支棱着抖动，她也跟着笑。笑了一小会儿，东边瓦蓝的夜空里破开一片奶白，路远忽然说：

“王雨露，你猜我埋在哪里？”

说完跳下墙去，从此消失不见。

路远死后，王雨露去过路家坟地，四下望去，并没找到一块新土，终究不知路远葬在何处。那时中秋刚过，天转凉了，镇郊割罢玉米，田已翻耕好，正等着种下冬麦。开阔的平原尽是黄土，视野抚尽天地，王雨露找不到路远的坟，倒是远远地瞧见了埋葬徐守诚的那座砖堆。王雨露走过去，见它四周的水泥已然开裂，荒草伸出砖缝，似在延续徐守诚未及过完的人生。

13

半个月后，王雨露骑车去医院做检查，路过卫河桥尾的露天车站，看见群南方人。

这些人瞧着新鲜，一个个都是高额头、矮个子，还哑着嗓，说话也大舌头。南方人手里都拿着张放大的模糊照片，正四下拉人询问。周遭人来人往，看罢照片，都是一通摇头。这些人已经来过半日，不知在问什么，总之尚未打听到满意的消息。王雨露刹了车，推着走上前去，知道了他们是在找人。南方人手里的照片上印着一张青涩的脸，男孩，头发盖了只眼，名叫王男。

南方人走近了，举着照片问王雨露：“你认识他？”

王雨露说：“认识。”

南方人兴奋起来：“这个王男是你们镇上的？”

王雨露说：“是，他不叫王男，他叫路远。”

南方人激动地大叫，喊几嗓子“打听到了”，另外几个就聚过来，说：“果然是假名！这个路远，他家在哪儿？你带我们过去。”

王雨露说：“你们找他有事？”

南方人说：“这人太狠了，一根钢筋砸脑袋上，打得我们家孩子躺了三个月，现在都讲不出话来。别的先不提，这趟找他，不得先讨个医药费？”

话听一半，王雨露就有点窒息，咬着字问：“他打的那人没死？”

南方人不高兴了：“呸呸呸，你怎么不说好话？你告诉我，这个叫路远的，他人在哪儿？”

王雨露低了头，哧一声笑了，笑着笑着，鼻子下边掉出一句话来：“他死了。”

玫瑰疾病

食 肉

路宗政最后一次去老蒋羊肉铺是在一九九四年那个春光明媚的下午。讲究点来说，春季阳气回升，人体内热，不是吃羊肉的好时令。路宗政和往日一样不买羊肉，他是去买狗肉的。

一九九二年晚冬，元县北边的范县、东边的黄县同时爆发了一次疯狗病，为防止病疫蔓延，次年新春，市政府出台了《关于市全境防范犬疫扩散的紧急通告》，在以范县为中心方圆两百里的市境内开展了一场动物疾病防控运动，通告所及之地，每一条狗的脑袋都在棍棒砖石之下开出了绚丽的花朵。地处西北边界的元县未能偏安一隅，运动波及全境，本地的狗也都跟着遭了灭顶之灾。与此同时，有人觉得健健康康的狗就这么杀了怪可惜的，于是半夜又悄悄把棍毙埋下地的死狗刨出土来。路宗政就去刨过别人家的狗坟，夜晚提着矿灯，找到白天盯好的一片新土，像挖红薯一样，有时候运气好了，能一连刨出来好几条死狗。刨狗完毕，从中挑出成色好的提到朋友家剥洗一番，配以山菌、姜片、橘皮、大葱煮煨，竟然成就了一道佳肴。每每出锅，待食之人更像是患病的疯狗，蹿上去抢食一空。紧急通告出台不过半年，疯狗病彻底没了势头，却在当地留下了一股食狗之风，狗肉有了需求和利润，肉菜市场上却没有这类肉食的经营许可文件，个别肉贩就要将其偷偷混在猪羊肉里卖给知情人。

老蒋羊肉铺就是元县繁星街为数不多挂羊头卖狗肉的店铺之一。

那天下午，蒋泰和和往日一样收了路宗政的钱，弯腰从榆木肉桌下提出四两狗肉，别人来买肉，都是整块提了回家处理，只有路宗政来买时，需要蒋泰和提起斩刀重新对付这块狗肉，要把骨头斩成小段，把肉块切成细条，用报纸包好了再递给他，因为路宗政这肉提走是要现炖现吃，不过半个钟头，就要下锅成菜。

路宗政最后一次去苏家炖菜店也是在一九九四年那个春光明媚的下午，炖菜店的老板苏杨看他捂着鼓囊囊的口袋，穿过密密匝匝的阳光，走到柜台前要了一个小锅带皮驴肉，他那鼓囊囊的口袋里就是自带的食材。根据街巷共识，路宗政其人奸滑无赖，当年在棉纺厂上班，他屡次偷窃公家的布袋，就是平日去市场买一斤米，最后他也要生抢二两。对于路宗政这种自带食材的行径，苏杨也曾多次喝止，还专门为路宗政挂了“外菜莫入”的牌子，但他依旧还是想吃什么自带什么，除了狗肉，偶尔还有碎牛杂、香菇段、鸡肉丁、七孔莲片……炖锅上来，一次次翻开驴肉，明目张胆地把自带的食材投入锅底。

那天下午路宗政带着食材走进苏家炖菜店，一个小时后，苏家店里乱作一团，倒地不起的路宗政已经被人七手八脚地抬起来，撂到一辆三轮车上，往诊所送去了。送路宗政去诊所的是路十四的朋友、蒋泰和的儿子蒋婺，那小子在县电管站当学徒，闲来无事，骑着一辆没有铃铛喇叭的三轮车路过炖菜店，见苏家店里鸭叫一片，路十四的爹把炖菜锅推翻在地上，自己倒在肉山汤海间挣扎呕吐，一副中了蛊术的样子。蒋婺把车停进店门，叫众人把路宗政往车上一推，就一溜烟往诊所蹬去了。

接到通知后，路宗政的儿子路十四出了家门，出了繁星六胡同，风一样闯进诊所的门，见医生、民警和街坊站了一屋子。他的父亲路宗政死在输液床上，左腿垂地，身上堆了一团输液管子，满脸土色，眼角撕裂，灰黄色的瞳孔消散在淡紫色的白眼球里，鼻孔如两个山洞般没有一气游丝，嘴巴张圆了往左边歪着，唇舌紫红，整个人躯干发潮，全无生气，让人想起缺氧而死的金鱼。床边路十四的二叔路宗曦还请来了住在县政府大院七号的阴眼张。阴眼张是县居委会成员，也是县里的风水先生，家里供奉着一块狐仙的牌子，牌前香炉里的三根敬神香烧了二十年不敢断灭。据传，抗战时期阴眼张的父亲在瓜棚里救过狐仙，从此屡屡在战场死里逃生。一九七二年夏天他吃烧饼噎死在了“繁星二队”的后勤厨房，因为是根红苗正的老革命，组织用落魄地主青墨家的柚木棺材为他下了葬。三天后的那个夜晚，青墨地主瘸着腿逃出自家地下室去挖坟偷棺，刚揭了盖，他又活了过来。从此他就得了阴眼，能看风水辨鬼神，自称是狐仙报恩一死开天眼。这件事的后续是，青墨地主被群众在自家的一棵枯树上用滑轮绳索捆着腿倒挂起来，在严厉的审讯和惊喜的欢呼声中，三次拉升坠地而毙。一九八一年老阴眼张死后把阴眼传给了如今的小阴眼张。那天阴眼张见到路十四，告诉他：“半个钟头前医生给民警开门，你爹的魂儿跟了出去，现在往西北飘远了，你往西北喊两声，把他喊回来！”

路十四呆着没有反应。

“发什么愣，快喊呀！”路宗曦推了他一把。

“爹你别走！”

路十四朝西北屋角喊了一声，满屋的人齐刷刷往屋角望去，仿佛路宗政的灵魂正像一只隐形的猫儿一样蹲在那几根排列整齐的椽木间。

“在这喊能听见？上房顶喊！”阴眼张说。

这时候诊所的医生生气了，骂道：“别闹啦！上什么房顶，已经咽气一个钟头啦。你是政府大院的人，别带头搞这套封建迷信，这死人要是能活回来，我就死给你看。”

阴眼张被噎得直咧嘴，说：“你救不活也不叫别人救救？你妈死了你也不稀得叫两声？”

“愿意喊让他上去喊。”民警拉住医生，转脸说，“喂，小伙子，你去房顶喊你的爹去吧。这屋里的群众，大家谁都别碰尸体，亲属医生留下，旁人都出去吧。”

路十四被阴眼张拉到院里，顺着歪歪扭扭的竹梯吱吱呀呀爬到了房顶。那时候房顶上正是一个蓬勃的春天，细草爬出砖缝，树冠青翠四合，一束束金光从西南方向斜照下来，甜腻的空气中牵扯着一根根蛛丝银线，疾风在高空中穿梭，细长的白云浮移不断，路十四睁大了眼睛，忽然忘记了自己要来做什么。

偿 金

对于路宗政的暴毙，羊肉铺的蒋泰和很有话说，别人来买羊肉也好，狗肉也罢，他都要发表看法：“死了就死了，路宗政他妈的绝对不是什么好东西，三条手，顺别人家的东西，还当过拐子。一九八一年路宗政从范县马庄村拐走一个姑娘，卖给了咱们县红瓦镇的一个养蚕的光棍汉，还是多亏他亲儿子往外传的信儿，叫人家家里人过去把闺女要了回去。后来警察找上门啦，他还耍横，一提脸，挺起鸡胸义正词严道：‘我可是贫农！’警察就说，‘不看看如今是啥时候啦，扇你那狗脸！’说完上来一巴掌把他掴在地上，这才让他收敛起来。拐卖妇女，天打雷劈，这都是报应。”说这一番话时，蒋泰和收了买家的钱，把肉包好递过去，人家伸手取肉，他又收手回去让人抓空，或者把肉递到买家手里了，人家轻拽两下发现他不肯配合着松手，直到自己说完，对方又点了头，这样才能放行，俨然垄断了话语权。

到了第二天，蒋泰和的观点出现了变化：“死了就死了，路宗政绝对不是他妈什么好东西，顺公家的东西，还当过拐子，什么事干不出来？一九八一年路宗政从范县马庄村拐走一个姑娘，后来……不过泾渭可得分明，那路十四倒是个好孩子。”这是蒋泰和在他儿子蒋燊的强烈抗议之后做出的妥协。

这话说到第三天，县政府的阴眼张忽然跑来羊肉铺通风报信，喘着气说：“别说啦，我刚从政府大院跑过来。今天化验结果出来啦，那路宗政可是食物中毒死的。派出所盘问苏杨的时候，他可把你给供出来啦，他说自己开店两年，从来没有听说有谁吃了自己的炖锅回家闹肚子，无数的食客饱餐而归，连一泡稀都没拉过，要是那路宗政是中毒死的，那肯定是你家这儿的狗肉有问题。”

这话吓得站在羊肉铺前的群众轰一声跑了个精光，留下一个菜篮子歪在地上，主人已经没了去向。

蒋泰和提了阴眼张的领子，骂道："放你妈的狗臭屁！看你把来买肉的人都吓跑了。"

阴眼张体型瘦小，被蒋泰和提在手里，像只兔子一样扑腾："你别不识好歹，我是好心告诉你这事，让你做好心理准备，到时候有理可说。你把我提离了地是几个意思！"

蒋泰和松了手，让阴眼张站在地上，又帮他抚平胸口的褶皱，说："这个路宗政，死就死吧，还要留下一堆麻烦事。"

路宗政被送去诊所那天，医生见他情况不妙，叫来民警是为了防止路宗政死在诊所，他的家人过来闹事讹人，后来人果然是死了，却发现死因可能是食物中毒。如此一来，民警算是第一时间站在了案发现场。作为炖菜店的老板，苏杨当即被带去派出所盘问一番，因为死因还没完全确认，最后只能放苏杨回家里等待化验结果。苏杨回家后围着灶台踱了半天步，忽然出门开始翻垃圾桶。苏家炖菜店前摆着三个绿色的圆形垃圾桶，每个直径将近三尺，盛满了垃圾油渍，腥臭肮脏，苏杨毫不嫌弃地扑上去，逐个钻进去探索了一番，终于顶着烂菜叶子找到两块狗肉，像捧着两颗跳动的心脏，小心翼翼捧回店里，用油纸包了三层，放进了冰箱里。

到第三天化验结果出来了，苏杨就用塑料袋提着狗肉跑去了派出所。

路宗政的化验结果是急性乌头碱中毒致死，因为苏杨找到了两块狗肉，这才把苦果掰开一半跟蒋泰和共享，但是事情最终没查出到底是毒狗肉进了好炖锅，还是好狗肉进了毒炖锅，苏杨就和蒋泰和相互推责起来，最后路宗曦找来了街道办事处主任姚红进行民事调解。姚红是武汉大学一九八七届本科毕业生，取得了法学学士学位，毕业后分配到户籍所在地元县政府大院繁星街街道办事处政务办公室当科员。姚红身材细长，浓眉高鼻，嘴角微斜，擅长用非常书面化的法律词汇威慑街坊邻居。那些常人闻所未闻的法律词汇听来严厉而且不容反驳，从姚红义正词严的嘴中吐出，仿佛用烈火烧红了要烙在别人脸上。靠着这种天赋，姚红在疯狗病传染时期调解过许多起民事纠纷，为紧急通令在元县的顺利下达和高效执行贡献了不可小觑的力量。一九九三年姚红升职为政务办公室主任，话说得超出生理负荷，如今嘴角斜得要竖起来，开口即令人不寒而栗。得益于此，路宗政食物中毒一事在姚红的劝导之下，三方各退一步，决定赔偿私了。姚红办公桌的抽屉里有两个档案袋，里面的稿纸上记录着她在街道办事处所有的大小成就，关于路宗政死亡纠纷一事，她也用秀丽的钢笔书法记录了两百多字：

我县繁星街苏家炖菜、老蒋羊肉两家商户法律意识淡薄，严重违反我国公共场所卫生管理相关条例，其两家因后厨卫生管理不善、非法经营来源不明的狗肉等违规过失，直接造成受害者路宗政摄入过量乌头碱以致食物中毒死亡。因乌头碱具体来源不可查证，责任由两家共同承担。此事经双方四次民主商讨，最终达成协议，定由两家商户赔偿受害者家属路十四人民币共计五万元整，代理家属路宗曦。苏家炖菜店从此停业，法人代表苏杨承担主要责任，须付受害者家属百分之六十赔偿金，共计三万元整；老蒋羊肉铺从此停业，法人代表蒋泰和承担次要责任，承担百分之四十赔偿金，共计两万元整。该民事纠纷受害人家属路宗曦及路十四同意上述调解结果，针对此事不做司法起诉。

调解人：姚红

调解日期：一九九四年四月二十九日

调解结果出来不到一周，蒋泰和的儿子蒋棻就来敲路十四家的门了，那时候正是晚上九点，路十四开了门，见蒋棻站在门口，朝自己伸出一条胳膊，握拳提着一个黑色塑料袋，说：“拿着！”

路十四抓住塑料袋，拉了拉，发现他不肯松手，就自己松了手。

“你家就你一个人吗？”

路十四说：“晚上是，白天我二叔有时候会过来。”

蒋獒晃了晃塑料袋，说："拿着！"

路十四把塑料袋托在手里，蒋獒松了手，说："我从来都不赞成我爹卖狗肉，那些狗肉我爹他自己平时也吃，从来没有出过什么问题……那是两万块钱，你点点。"

路十四让蒋獒进了屋，把钱红黄绿倒了一桌子，这些钱从五块到一百，每个币值都叠成了规规矩矩的小沓子，用橡皮筋捆着，路十四一沓一沓数了半个小时，从床头取出一张签了路宗曦名字的收据条，递给了蒋獒。蒋獒收下字条，走进门外的夜晚，听着他渐远的脚步，路十四忽然喊了一声："狗小孩儿！"

"狗日的路易十四！没事了就去电管站找老子玩！"声音刚落，一颗碎石子飞过来，滚到了路十四脚下。

亲 事

蒋家的赔偿金清了，苏家的赔偿金就陷入了僵局。按照行业规矩，老蒋肉铺是先付账后拿肉，再加上一把平放着的斩骨刀、五根倒挂着的铁钩和蒋泰和天生的凶煞之气，来买肉的人很少赊账短账。从一九八九年到现在做了四年生意，最后清一清账，也算赚了一笔，不多不少，正好够买路宗政的半条命。事后蒋泰和也看得开，还拿这事开玩笑，说要是路宗政的命再多值点钱，自己就要卖儿卖女了。这话是参考了苏杨的境遇。苏家炖菜店是先吃饭后付账，这就给了很多赖头可乘之机，虽然店里贴了两处“概不赊账”的条子，但是和“外菜莫入”一样没有效果。熟客新客，有吃到第五顿开始结第一顿账的，有连吃几顿后再也不来从此赖账不还的，还有一类人就是亲戚好朋尤其县政府大院的人，和这些人相处得不好，伤了旧情，往后生意也会难做，于是这类人就被苏杨惯得连年赊账不能讨要，时间久了，就凑了个最大的账窟窿。路宗政死后，炖菜店里清账，发现开调解会时桌前的一圈人也是无一不赊账的。其中，路宗政欠了一百二十块，路宗曦欠了三十块，蒋泰和欠了八十三块，就连记在姚红头上的账也积了三百多块。苏家炖菜店开张两年多，有八千多死账，活账又难要，剩下的利润没有几千块。路宗政的事出来后，苏杨骑着侉子摩托满城要了两个月账，最后侉子一卖，才凑够一万多块，给路十四送去了一万块，又给女儿苏海棠补交了一千多生活费，剩下的两万就没了着落。

路宗曦从赔偿金里抵了姚红和路宗政的账，担心剩下那一万九千多拖成死账，就三番两次去找姚红想办法。这件事姚红在苏杨家短了嘴，不好意思再上门装狠，为了应付路宗曦，她东借西拿准备了一堆文件。路宗曦一过来，她就往桌子上一推，堆起来一座高山，皱着眉头装出一脸憔悴，揉着太阳穴说：“我是调解人，不是要债的，你家的事难办，别人家的事也要处理。你先回去，我忙完手头的事第一个帮你想主意。”这么推了几次不是办法，姚红就挑了个细风东来的上午，在政府大院的一棵香樟树下开了个会。政府大院里的香樟气味清新扑鼻，姚红提来一个坑坑洼洼的大号铝茶壶，泡了半壶春茶，把院里认识的同事街坊都叫了过来一起头脑风暴。

来参会的人有五六个，都是低头喝茶，谁也想不出好办法，只有在红瓦镇信用社上过班的黄科员提了提自己的往事，说是信用社在前几年给个体户放贷，有的到期了还不上来，信用社就会去借贷者家里搬家具，鸡鸭鹅掐翅提，猪羊狗带绳牵，能拿走的统统拿走抵债……这话没说完，姚红就否决道：驴唇不对马嘴！

这时候阴眼张咦了一声，一拍石板桌，吓了所有人一跳，刚站起来又泄了气，说：“我没事儿，没事儿。”

姚红说：“老张，你说。”

阴眼张说：“一个想法，没用。”

姚红说：“别废话，快说。”

阴眼张就说：“一年前那路宗政活着的时候，求过我给他儿子说亲，那时候我过了下脑子，觉得苏杨家的闺女苏海棠是个不错的姑娘，起码年龄挺合适，说亲的事我是当场推了的，当时也只是过了过脑子。现在想想，假如当时说了，成了，后来再出这事，那就是他们自己家的事了，哪里还用提钱？那现在咱们也不至于坐在这里张飞抓蚂蚱大眼瞪小眼了。”

姚红听完两眼放光，说：“让苏杨家的女儿嫁给路宗政家的儿子，老张，你这个想法很有创意，来，你继续说。”

阴眼张说：“就是人家苏杨家看不上他路宗政家，所以我一开始就没答应给他说。”

姚红就说：“看不上？看不上老路还看不上小路吗？路十四可是个好孩子，何况那路宗政也死了。苏家的闺女不嫁给路十四那样的还能跟了谁，非要嫁给个地痞流氓吗？”

阴眼张说：“人家那是一根独女苗，高考复读了两年，听说成绩优秀，六月就考大学了，我看那个女孩儿城府深，上街都不用正眼看人，将来不一定跑到哪儿去栖高枝儿呢。”

姚红一拍桌子，说：“不过就是个大学生，栖什么高枝儿，你别放狗屁，我姚红堂堂大本毕业生，最后不也是回到自家土地上奉献青春。”

阴眼张辩不过姚红，用十秒钟时间呷了口细茶，也理了理思路，说：“即便姚主任你说的都是，可现在那女孩到底还在上学，也不好谈婚论嫁。”

姚红就说：“那没有关系，事可以先定了，婚可以晚些结。事情的关键是，我们几个要在这件事上统一思想。”

姚红说完这句话，在座的人就都点了头。

会议出了结论，关于两人亲事，众人都说有把握，只有阴眼张觉得冒险，因为姚红安排了他去苏杨家牵线，下这道命令时，姚红用食指扣着青石板桌叮嘱说：“老张，这事说话要有分寸，好好的婚事别说得跟卖儿卖女一样！这事你要是办不好，就别回咱们院里来啦。”

定亲书契

那路宗政死后半月，苏杨把自己家朝街开的商铺店门用水泥砖头砌成了一道墙，又涂上了一层青黑水泥。刚砌好墙头的前几个夜晚，有好几个熟客不知情，每个人的额头都在这里撞出了好大的一个包，这之后再想找苏杨，就只能从繁星街二胡同里的侧门拜访。阴眼张进了苏杨的家门，见里面也不是家徒四壁，篱笆窝里有鸡有鸭，还有一条白狗在院里刨坑，进了堂屋，光线最好处摆着一台半新的缝纫机，正对门那台黑白电视的屏幕亮得能当镜子用，堂屋两侧各一排老式沙发，上面都铺着厚毛毯，往西那个套间的屋里还有四个新式的衣柜，金黄色，连绵了五六米长。看到这些，阴眼张就觉得失望，后悔开会时没有听黄科员搬家具的建议，想想假如把这些家当全部拉走卖了，说不定又能凑个两三千块。

对此，苏杨的解释是：“我苏杨虽说是破了产，可生活品质还是得讲究的，缺钱不过急一时，心穷可要穷一世。”

阴眼张跟着客气了几句，找话茬把亲事说了，那苏杨反应过来，一拍桌子，说：“这叫什么狗屁话，是让我老苏卖了女儿抵债吗？你叫路宗曦过来，我这院子里的东西，他看上什么了统统拉走，要不要叫我苏杨亲自给他一件件搬过去？”

“这叫什么话。这办法可是经过组织讨论决定的，你别只往坏处想，仔细琢磨琢磨，这对你家海棠来说反倒是个好事。你这拖下去，那路宗曦要是打起官司来，叫法院把你判了刑，这么一来，你家海棠就是考上大学也念不成啦。退一步想，要是她跟路十四的事定了，一来你家没了赔偿金，二来将来念书缺钱，那路十四是个好孩子，现在算是长大了吧，也是个好人，不会说不帮你们家。实话说了吧，去年那路宗政来找过我，指了名要我给你家海棠牵线，我是当时就推了，就是因为看不上他路宗政。现在路宗政人没了，我倒觉得事情反而有了眉目，这才愿意跑这一趟。”

苏杨皱着眉头没有说话。

“抛开路宗政的事不说，你看路十四是不是个好孩子，你家海棠跟了他，你放心不放心？”

“人是懂事老实，就是太老实了，怕不成事。”

“再不成事，手里也有三万多块钱，路十四不喝酒不赌钱，做什么都赔不了，结了婚也是听你家海棠的话，成事儿不就是图个钱，结婚不就是图个平淡？路十四两样不缺，你也别心高气傲，做梦升天，人家姚主任大本毕业，最后不还是回家来奉献青春。”

“这道理是不拐弯，就是我那海棠可显性子，什么事都有个自己的主意，怕只怕你就是喂牛吃仙草，它自己不低头也进不了嘴。”

“只要你能理解，这事就好说。这事的关键是要统一思想，心往一处想，劲往一处使，事就好办啦。你是海棠的父亲，把我跟你分析的都说给她听，人在事上，就要带着事走，你家丫头那么聪明，她能不懂？”

两个人说完话，苏杨正犹豫，阴眼张勾头说要离开，下意识里就往正门大步走去，苏杨刚要喊住，他已经撩开布帘，一头撞在了新砌的墙上，随后哀号着抱头跪下地，额角呼隆隆冒出一个包来，苏杨赶紧给他找来紫药水消毒杀菌，又拿出一块医用纱布让他捂着。到了黄昏，阴眼张顶着一个紫色的包回到政府大院，找姚红索要了五十块钱的工伤补助金。

下一个周末，苏海棠放假回家，苏杨扒着晚饭把事情跟她说了，她却出人意料地顺从，点了头照常吃饭，看天气预报，让苏杨喉咙里的米饭半天滑不下去。这事说定之后，阴眼张拟了一个定亲书契，又挑了一个月明星稀的夜晚，把姚红、路宗曦和苏杨的三妹苏柳叫来一起当公证人。三个人围桌而坐，谈定了，听阴眼张念那张定亲书契：

元县苏海棠，立此定亲书。白纸下黑字，定亲路十四。两户成一家，偿金不再提。两边情愿，各不后悔，盖印签字，永远存证。婚嫁事宜择日而定，倘若日后运势不测，两人双方各从天命。恐后无凭，立此并照。公证人：路家路宗曦、苏家苏柳、元县繁星街街道办事处政务办公室主任姚红。

三个公证人听得直挠脸颊，意思大致懂了，也没有异议，就都在纸上签了字。路宗曦是第一次来阴眼张家，觉得屋里阴凉，刚进大院时，瞥见堂屋东墙摆着一个神桌，上着香贡，果然有个给狐仙的牌位，吓得他上厕所时在黑漆漆的院子里朝着堂屋偷偷鞠了好几次躬。

苏海棠

六月到了中旬，傍晚日落的时候，幼蝉钻破泥土，挥舞着钳子爬上了槐柳树。路十四坐在院里的一棵梧桐树下面打盹，一只幼蝉顺着鞋子裤脚爬上了他的膝盖，路十四找来一只铁桶，咣当一声把幼蝉丢进桶底，提起来跑去了附近的野地里。

过了八点半，收集到的幼蝉已经覆盖了桶底，路十四就骑上自行车，把桶挂在把手上，蹬去电管站找蒋葵了。

蒋葵住在电管站的一间简易集装箱板房里，板房四面各开着一个很大的窗户，玻璃上都被他贴上了旧报纸，板房正中间悬着一颗一百瓦的白炽灯泡，到了晚上放出万丈光芒，把整个板房照得像个大灯笼，招来成群结队的蛾子蚊虫在玻璃上撞来撞去。路十四扎好了自行车,站在板房门口喊了一声:“狗小孩！”

门吱呀一声开了，蒋葵端着一个饭碗站在门槛上，说：“路易十四，你怎么现在过来啦？”

路十四敲了敲桶:“我给你带了好东西。”

“那是啥？”

“刚摸到的麻知了猴哇。”

“哟，快拿过来。”

路十四跟蒋葵进了板房，往桶里放了一升水，撒上盐一搅和，把幼蝉用盐水泡了半个钟头，捞出来一只只揪掉大钳子小腿儿，拧下脑袋，又热了油，把处理好的幼蝉咕噜噜倒进锅里，凉蝉进热油，噼里啪啦炸得开出来一朵朵金黄色的肉花。

蒋葵吃饱了肚子，开始给路十四吹牛:“前几年，有一个电工的儿子爬高压电杆，一只手抓到了高压电上，就像吸尘器吸一大团蜘蛛网一样，一丝丝被吸进了电线里，最后剩下一线青烟，人就跟着电流一起过了变压器，输送给了千家万户。”

路十四听得张大了油嘴。

苏海棠高考结束后，那天下午搭三轮车回了家，晚上吃了半碗米饭就出了门。苏海棠一路低头走到路十四家，见门锁灯黑，敲门喊人都没动静，就转脸去了路宗曦家，路宗曦说路十四要是不在家，就是去电管站找蒋嫳了。苏海棠徒步往电管站赶去，走了快一个小时，软着脚走到电管站，直接去敲板房的门。

蒋嫳开了门，哦了一声，说："你怎么来了？"

苏海棠说："叫路十四出来。"

路十四来到门口，也说："你怎么来了？"

苏海棠说："路十四你听好了，我来就是要告诉你，上次答应我爸，是因为没有别的办法。如今我想通了，你听好，从现在开始，你给我三年时间，我会还给你两倍的钱。你要是不同意，现在就把我绑起来吧，不然我就要跑掉，这样也好，我跑了也不觉得对不起谁啦。"

路十四没有说话。

苏海棠接着说："三年翻一倍，就是个高利贷，比存死期不知道高到哪里去了，你倒是表个态呀。"

路十四说："你这话说得顺嘴，要是三年后你还不了两倍的钱怎么办？"

"那我就老老实实跟你结婚。我知道我爸、我大姑还有你二叔一块签了一个我的卖身契，你拿好了，到时候少给你一分钱，你拿它来换我的人，我绝对不说一个不字。”

“什么卖身契？你别说得这么难听。”

“嫌难听你就撕了呀。”

蒋檠在一边看不下去了，就说：“苏海棠，你别这么嚣张，现在路十四有那几万，咱们县里的女孩子他想娶谁娶不了？人家当初答应这事也算为了你家好，你别得了便宜还卖乖。”

苏海棠指着蒋檠说：“我们俩说事，碍着你了吗？两条街的电都不够你操心？还在这碎嘴！”

蒋檠被噎得连咳了三声，拍了拍路十四的肩膀进屋了。

苏海棠骂完蒋檠，又指着路十四，说：“我爸说你人老实，我看你也是个滑头！”说完扭头走了，边走边喊了一声：“大晚上的干吗跑这么远，害我一路走过来！你听好了，事就这么说定了！往后别胡搅蛮缠！”

棉纺厂

苏海棠跟路十四表完态，此后每天下午过了七点，日头落灭了，晚霞收尽了，饭也不吃就跑去繁星棉纺厂当计件工，在厂院里的两颗白炽灯下拆布袋，往红线上穿珠子。二十世纪九十年代中后期，元县繁星棉纺厂生产的厚布袋、塑料珠串在县境交界的三个省份都销得很好，直到二〇〇〇年年初，彻底私有化的棉纺厂被大小分割，业务越做越小，最后变成了小吃市场。那时候繁星棉纺厂的计件工人大都是乡下来的农民和县里无业的中老年妇女，平日里十分健谈，开工半个小时内尚且肃静，等监工走了，她们就开始你一舌头我一嘴地叨叨起来，要不了几分钟，院子里就聒噪得就像养了一群嘎嘎叫的疯鸭子。苏海棠来的第一天，几个认识的女人看见她了，就主动挪过来跟她蹲在一起，苏海棠是有问必答，别人问她："你怎么也来干这个了？"

苏海棠就说："来挣钱呀。"

别人又问："这么卖力挣钱干吗啊？"

苏海棠就说："挣钱给路十四呀。"

别人又问："哟，苏杨也让你过来？"

苏海棠就说："他现在三天两头去市里寻活儿，哪顾得着我呀。"

到了第二天白天，人们见了路十四就要说："你小子很有福气啊，你那个老婆还没娶到家里呢，就已经开始给你挣钱啦。"路十四一打听，才知道苏海棠是去棉纺厂当计件工了，他就让人家帮他传话，说自己不准苏海棠再去棉纺厂。当天晚上，苏海棠不但去了棉纺厂，还带了一根牙签一样粗的针，到了棉纺厂大院，用剪刀剪掉红棉线上的塑料硬头，再把红线穿进针眼里，用这根针穿珠子，速度比之前快了一倍。个把月后，整个棉纺厂院里的人都学会了用针穿珠子，元县棉纺厂的珠串产量骤增两倍，甚至出现了小幅度的销售停滞，不能不说这一切都是缘于苏海棠起到的启蒙作用。那天苏海棠用针穿珠子，到了下班之际，忽然一针戳到自己左手的食指上，指肚间滴滴答答淌出血珠来，在地上掉成了一串枸杞子，吓得一旁本来就晕血的王四姨叫碎了一块玻璃。

到了第三天白天，人们见了路十四就要说："你快去看看吧，昨晚你家苏海棠的手叫针扎到，可流了血了，怕是不能再帮你小子挣钱了。"路十四听后说："这样倒好，不让她去她非去，这样她就长记性了。"当天晚上，苏海棠食指上裹着一圈纱布，又回到了棉纺厂大院里。院里认识苏海棠的女人都要过来询问她的伤势，苏海棠就说这比起痛经来，可算是轻得很啦。女人们正大笑，棉纺厂大院的苏监工回来了，瞪圆了眼，脚跟跺着地走到苏海棠面前说："添乱，回家去！"

院里肃静得只剩下蛾子夏蝉撞灯泡的声音，叮叮当当的，像一串风铃。

苏海棠说："我那是小伤，不耽误工作。"

苏监工说："谁管你的伤！你看看这里的人都是什么年纪，你这个丫头过来添什么乱！"

苏海棠说："我哪里添乱了？"

苏监工说："你哪哪都添乱，你来之前，这院里从来没有这么乱过！不是你该来的地方，你来了怎么都会添乱，这茬还用说吗，一开始我就知道！”

苏海棠说：“你放狗屁！”

苏监工说：“你才放狗屁！”

两个人一声高过一声，马上吵起架来，苏监工执意要苏海棠离开，苏海棠踢歪了小板凳，盘腿蹲下，又闭上眼睛，蛙坐在地上开始冷战。苏监工说的话再也得不到回应，急了就去拉她的胳膊。苏海棠突然张大了嘴，哇一声就哭了起来，吓得苏监工抱头往身后闪了几步，一脚绊在王四姨的簸箩上，里面的珠子哗啦啦撒了满地。

事情闹得正胶着，棉纺厂大院里左腿有点跛的姜婶一歪一蹦地跑去了苏海棠家。苏海棠家黑着灯，姜婶敲门喊人都没动静，转脸又跑去路十四家。那时候路十四正在家吃饭，大门没锁，姜婶直接闯了进去，从瓦缸里舀了半碗水，放嘴边吸溜溜喝了个一干二净，甩了甩空碗，喘着气说：“快去看看吧，你家苏海棠在棉纺厂，跟苏监工吵起来啦，现在正坐在地上哭呢。”

路十四说：“那你去找她爹苏杨去啊，找我干什么？”

姜婶说：“哎呀，你怎么这么碎嘴，快走吧！”

路十四跟姜婶走到棉纺厂大院，刚进铁栅门，远远地就看见苏海棠坐在灯下，仰面闭眼，张大了嘴，正呜呜哇哇哭得像个小孩子。一边的苏监工泄了气，凑在她耳边说着好话。院里的女人看见了路十四,一个个会意地笑起来。苏海棠声枪泪弹正哭得起劲,眼下就要哭来光明,哭向胜利,忽然听到气氛不对,睁开了泪眼,仰面看到路十四的脸,马上就收了哭声,腾地站起来,红着脸叫道:“路十四!你来干什么!”

路十四说:“姜婶叫我过来的,她说——”

“她说狗屁!”苏海棠把歪在地上的小板凳踢开了两米多远,瞪眼直勾勾走到路十四面前,道:“你给我让开路!”说罢一把推开他,径直出了棉纺厂大院,跺着脚回家去了。

断电

苏家炖菜店关了门,店里大件的冰箱炉灶都让苏杨一并卖了当赔偿金,剩下一些锅碗瓢盆尚未处理。那天苏杨一早去了市里,苏海棠自己在家,把一些多余的锅碗瓢盆收集起来,卖给了县里的锔碗匠郭二碾子,郭二碾子的锔碗技术远不如他已故的父亲。他的父亲郭石卵锔好的碗盘,除了骑缝钉,几乎不见裂纹。郭石卵在二十世纪八十年代曾骑着一辆大梁自行车,后拖双层竹木箱,小铁锤、钢钻头、骑缝钉、拉杆儿和瓶瓶罐罐在里面哗啦啦响。郭石卵跑遍了元县临近的三个大省,临死前还帮人锔过传家古董瓶——这类贵重物品要钻小孔铆细钉,打上特质的釉子，最后取色补图，瓶身就恢复生机，彻底没有了破损的痕迹。作为后人，郭二碾子就不行，因为挣不来钱，手艺只学了些皮毛，现在主要靠收售二手家当营生。按照行业规矩，郭二碾子只收家当不收破烂，忙活完蹬车走了，在苏海棠家门口剩下一些废铜铁、烂瓷盆堆在地上。苏海棠提着簸箕扫帚正要处理，一抬头看见路十四远远地走过来，她扭头跑回院里，把门闩上了。

路十四走到苏海棠家门口，敲了两声，听苏海棠站在门后说："你又来干吗？前几天在电管站不是说好了？你怎么总来胡搅蛮缠！"

路十四说："谁胡搅蛮缠了？我只是来告诉你，今天晚上不许你再去棉纺厂大院。"

苏海棠说："这几天我爸去市里找活儿，看见你二叔在百货批发站打听，说要给你开个供销铺子。别人都快忙死啦，你倒有闲心管我的闲事！"

路十四说："我也不想管你，不过你一去，旁人倒是都来我耳根子里说闲话。"

苏海棠说："那个碎嘴的张鬼眼跟蒋泰和，咱两家的事都是他俩到处乱说的，真该叫人拔了舌头。"

路十四说："你去那地方，半个月能挣几块钱？不值当！"

苏海棠说："五块钱也是钱，一万个五块钱就是五万，谁说不值当！”

“我反正是跟你说了，你再去我也管不了你。”路十四转了身要走，又回过头来，说：“你那手指头，好了没？”

苏海棠开了门，冲路十四喊：“要你操心！手指头好了有什么用，肺又让你们气出血了！”

苏海棠脸皮不薄，昨天闹了场乱子，不耽误今天回到棉纺厂。棉纺厂大院的女人们见苏海棠回来了，一个个都是喜出望外，嘎嘎叫着聚拢过来。王四姨说：“妹子，昨天是那苏监工故意挑刺，你甭理他。”苏海棠就说：“别叫我妹子，我没那么老。”王四姨听完就黑了脸，一句不吭去穿珠子了。又一个女人筛着簸箩里的珠子，哗啦哗啦的，说：“那个苏监工，亏得都是本家，一点本家跟长辈的样子都没有，不知道在哪学的挤对人的本事，在这里使出来了。”苏海棠说：“还有你们一群女人，说起杂话来，嘴水喷湿了地皮都打不住，昨天我跟他吵，你们倒是一个嗝都打不出来了呀。”几个人听了就要赔笑。闲话说完正要开工，大院当中的两个灯泡灭了，院里漆黑一片，撞灯泡的蛾子夏蝉扑簌簌掉下来，掉到了从老城大街来的三梅姨头上，三梅姨在慌乱中揪掉了自己的一绺鬓角，还踩坏了两个簸箩。

繁星街的电从六点五十停到了九点半，苏监工提了盏长脖子矿灯来维持秩序，众人等到七点半没有来电，就在苏监工的指挥下排着队，把簸箩、珠子、线团和布袋统统放归原位，出了棉纺厂，四散回家去了。

第二天，苏海棠去了棉纺厂大院，也不跟别人闲话，蹲下来就开始穿珠子，穿了十分钟，院里的灯又灭了，满院一片叫骂和叹息。苏监工唉唉叫着跑了出来，说：“哎呀！怎么天天跳闸呀？”

到了第三天，晚上过了六点四十，整条繁星街又停了电，这次苏海棠骑了车，还带着一个手电筒，话不多说，出了棉纺厂大院，上车就往电管站赶去了。苏海棠来到蒋獒住的集装箱板房，远远地就看见里面灯火通明，就近扎好了车，用脚踢开门，见蒋獒正坐着啃馒头，苏海棠说：“你是怎么搞的，干吗老是停繁星街的电？”

蒋獒说：“不只繁星街，老城大街的电也停了。”

苏海棠说：“我不管，以后不准你再停繁星街的电。”

蒋獒晃着筷子，说：“不是我停的电，是上头拉的闸。”

苏海棠说：“放狗屁，上头拉闸，全县都要停电，会只停两条街？”

蒋獒说：“那我就不知道了，不是上头停的，就是它自己跳的闸，繁星街和老城大街是一个闸刀一根线，这两天日头热，到了晚上，挨家挨户都开电灯风扇，电压低了就要跳闸，我再操心，也管不住电闸跳眼皮。”

苏海棠说：“放你狗小孩的屁！我一上班就跳闸，我一上班就跳闸，那闸刀是用路十四的脑浆子造的？跳了闸你也不推上去，非要等到九点多？我就知道是他找你捣的鬼。你这大夏天的乱拉闸，住咱们县里，西山挡了光，南山挡了风，你们是要热死街上的人吗？偷偷给我穿小鞋，再敢这么试一次，我把你们俩都钉到木头驴上去！”

蒋夔放下筷子和馒头，说：“不让你去棉纺厂，是路十四心疼你，你说是穿小鞋，就太不像话了吧。”

苏海棠核实了缘由，叨咕一声：“吃你的咸菜馒头吧，小心俩眼珠子给吃出来，你就用鼻洞子去抄电表吧。”说罢转身出了门，打着手电筒骑车走了。

苏海棠骑车回了趟家，发现电还停着，气得拉断了电灯线，从抽屉里拿了根尼龙绳跑去了路十四家。路十四家闩着门，苏海棠一口气敲了二十多下门板，敲得繁星街六胡同里犬吠四起。路十四没穿鞋就咚咚咚跑过去开了门，被苏海棠用手电筒锁定了眉心，晃得他满眼爆炸起一朵朵牙床红，哎呀呀叫着：“别照眼，晃瞎人啦！”

苏海棠提着尼龙绳，像提着一条死蛇，说：“蒋夔全都跟我坦白了！你不让我挣钱，就干脆绑了我吧！把我拴在你家床腿儿上，拴在你家院子里的水缸边。”

路十四说：“你这叫什么话？”

苏海棠收了绳子，说：“不绑是吧？听好啦，不绑以后就别再跟我胡搅蛮缠！这三天我一分没挣，误工费都要翻了倍算在你头上，往后也是一样。”

路十四一提脸，说：“算就算！你也听好啦，我就是不想让你去棉纺厂，我就是不想让你跟那些女人在一块干活！”

“你操这心也不累？你还是多管管你自己家吧——”苏海棠刚说又打住，停了停，语气软了，接着说，“还是多管管你自己吧！看看你呀，现在吃老本，以后养得了几口人？”

路十四勃然而怒，鹅叫着说：“不就是钱！你们稀罕，我可不稀罕！说来说去不都是为了那两万块，我也不绑你，你也不用还我两倍的钱，我给你五年时间，你把钱还够就行了，一分一厘我都不多要！棉纺厂往后你爱去不去！我说话算话，你走吧！”

两个人安静下来，苏海棠瞪大了一只眼，忽然说：“你没诓我？”

路十四说：“说话不认，我就出门叫鸟爪子挠下顶的碎瓦片砸死。”

苏海棠熄了手电筒，站在路十四家的院子里，那晚她穿的是杜鹃红短袖、米黄色七分裤和胶底玫红运动鞋，羊脂白色细长的脖子、两束胳膊和两截小腿袒露出来，在夜色之下，正往四周散发着淡蓝色的微光。初二上弦的月亮很瘦，红彤彤的像一截烧红的弯钢丝，路十四听见她的肚子正咕噜噜叫，苏海棠说：“大惊小怪什么！我最近都是过了十点才吃饭。”

路十四说：“那你要不要吃东西？”

苏海棠说：“我自己家有饭，不讨你家这口。”

路十四说：“大后天初五的龙花庙会我带你吃东西，抵你这三天的误工费，你来不来？”

苏海棠说：“我最近吃东西焦心，吃的样数少，天天米面菠菜，肚子盛满了，牙却不知道饱，吃吐了还想吃，你要是请客我就去。”

庙 会

早年时候，元县龙花庙会的主题都是在县龙王庙祈风求雨的拜龙仪式。其间，敲锣打鼓，搭台唱戏，异常热闹，集市只能算附属品。一九六七年春天，县龙王庙在一场春雨中倾覆，变成了一堆砖红色的废墟，仪式自此断了香火，庙会的主题就变成了集市。按照习俗，元县每个季节都有龙花庙会，眼前初夏的龙花庙会最不讨喜，因为天气太热了就要影响生意。庙会之日，本地外地人的摊铺鳞次栉比，从繁星街棉纺厂大院开始摆起，绕过繁星一胡同，在老城大街形成集市主场。夏天阳光毒辣，每个摊位都搭起简易棚或撑着巨幅遮阳伞，这类杂物所用的遮阳布料都是整块整块的纯色，假使站在屋顶望下去，就会看到好几种对比强烈的色块首尾拼接，顺着胡同大路绵延前进，如一卷色彩鲜艳的印象派巨画正在视野下徐徐展开。

庙会那天苏海棠穿了一条鲜红色的连衣裙，脚踩一双白色塑料拖鞋，鞋底厚得像日本木屐，她分解了往日并不起眼的两根大辫子，盘挽着头发，露出了洁白的额头和细长的脖子。这个清爽的造型显得她头发很多，路十四红了脸站在一边，想象着苏海棠挽在头顶的发结解开了，一道黑亮的瀑布倾泻而下时的壮丽场景。

路十四不好意思地笑着，苏海棠就说："你在那傻笑屁！"

路十四就不笑了，见苏海棠闭上双眼在陶醉中吸气，就也学着闭上双眼。听觉苏醒了，细细分辨着柴堆上翻滚的火苗、油锅里碎裂的气泡，呼呼声，噼啪声，钝刀切木声，扁食跳水声；嗅觉苏醒了，享受着来自火炉烧烤的焦辣、来自竹笼汤包的厚香，羊肉微膻，豆腐略腥，棉花糖甜得发腻，空气中还隐藏着一丝野花的馥郁……今天的主题是吃！两人先后睁开眼睛，互相望了一眼，会心地笑了。

接下来，两人挺着肚皮从棉纺厂大院一口气吃到老城大街的九胡同，吃到了服装市场。服装市场在老城大街绵延了两百多米。其中，路十四的三姨夫也在这里扎了个五六米长的遮阳棚子，棚子里的货架子上摆着他从广东进来的裤头、短袜和鞋底，花花绿绿摊了一片。路十四没有寻到他三姨，就硬着头皮问并不太熟的三姨夫要了一茶缸热水，又摇又吹降了温，递给苏海棠，说："你吃得急，喝点热水，别消化不良。"

苏海棠说："刚喝了酸奶，不渴。"

路十四捧着茶缸往前递，说："喝吧喝吧，喝一半就好。"

苏海棠就接过来，咕咚咚喝了半茶缸水，喝得额头冒出一些晶莹的汗珠，忽然皱了眉说："哎呀，不喝还没事，现在肚子有点难受了，咕噜噜的。"

路十四就带苏海棠去了老城大街的县医院，临走前三姨夫还给他们两个每人口袋里硬塞了两双袜子。到了医院，值班的罗医生看了看苏海棠的舌苔，又按了按她的肚子，说："你们刚才都吃了什么？"

"早上吃了半碗土豆粉，然后是棉纺厂大院的焦煎灌肠、炒螺蛳，一胡同里的熏鸭脖、酥脆辣条跟小笼包子，这是前面的，再到老城大街这边吃得就多了，板栗饼、爆米花、杏仁酥还有……"苏海棠掰弯了整整两把手指头，不想竟然吃了这么多东西，回头看了看路十四，脸羞得泛着红光，怪不好意思的。

医生又问："那喝的呢？都喝了什么？"

路十四走上来替她交代："喝了橙汁汽水、砂糖红豆茶、纸盒酸奶还有半茶缸子热水。"

医生摘下眼镜，说："只是吃得杂，喝得冷了，现在还看不出来苗头。"

路十四说：“那要不要开点药吃了？”

医生就说：“别光想着开药，吃药有啥好处？再等等，一两个钟头里，要是没事了，那就是好了，要是肠胃疼得厉害了，我再给开药。”

路十四点了头，医生又戴上眼镜，说：“看你眼熟哇，你爹是不是路宗政？拐子路宗政？”说着笑了起来，“对！就是！你知道不知道，你三四岁没膝盖高的时候半夜流鼻血，流得昏了过去，你妈背你来到县医院，那时候医院缺人，还是我半夜给你输的血呢。”

路十四四岁那年，县里来了个马戏团，常常纠集了一些闲人，半夜跑到街上放炮闹事。那天晚上路宗政上街胡混，路十四的母亲去街上寻他，人没找到，回到家见路十四倒在床下，脸上开了花，流了一大汪血，凝住了，像红漆一样把他粘在地上。路十四的母亲揭膏药一样把他从地上刺啦啦揭起来，抠开堵在鼻孔里的血块，拍背抽脸都不醒，她就背起路十四飞奔去了县医院。在县医院值班的罗医生被这位母亲的哀号吓醒了，检查了路十四的情况，说现在医院血荒，也顾不上能不能匹配，就给路十四输了他母亲的血，抽得大人两眼一阵阵发黑，才救回他一条小命。这事过了一周，路宗政才回到家，进门屁也不放一个，倒下一连睡了两天没有下床。再之后过了半月，路十四的母亲忽然失踪了，两天后下起了雨，人们在县城西边的一口井里找到了她。那口井常年废弃，井口潮湿，井壁的石头被染成了翠绿色，像一块块叠在一起巨大的方形玛瑙。那时候元县的地下水位还很高，下雨时井里会往外冒水，有小孩以为那是积水，穿着小雨靴往上面一跳，就咕咚一声没了人影，沉了十米才到底。那次下雨冒水，路十四的母亲从井里漂了上来，头发悬浮散开，脑袋如封存在琥珀中的一朵巨大的黑色蒲公英。路十四完全不记得这些事，但是他总是梦到井，梦到黏稠的空气堵住了鼻孔，睡觉总是要咕咚咕咚地干咽东西。

两个人在医院并排坐着，眯了一个钟头，苏海棠的脑袋砸了两次路十四的肩膀，忽然她清醒过来，说自己没事了。路十四抠了抠眼屎，给苏海棠开门，两个人就走出了医院。

供销铺

得益于路宗曦的筹备，路十四家的供销铺子开得奇快，十天半月就完成了从无到有的全过程。路宗曦在繁星街六胡同口带地皮买下一间小房子，装修了个门面，正里面坐着路十四，身后小屋的墙上钉满了槐木格子，上面摆着各类日用商品。到供销铺里买醋买酱油的人多，路十四的柜台前摆着两口小瓦缸，瓦缸盖子上各挂着一个铜质提勺，扣着两个塑料漏斗，打酱油用的发黑，打陈醋用的发青。有孩子或者女人提着瓶子来了，路十四就接过瓶子，看看颜色，闻闻味道，确认了是陈醋还是酱油，插上漏斗，提起铜提勺，往缸上敲一声，一毛钱两提勺，开始帮人家灌满。

有一天晚上，路十四忘了盖醋瓦缸盖子，第二天发现瓦缸里的醋似乎高了一些，中午做梦就梦到醋缸卖了一半，自己忽然从缸底捞出来了一只死老鼠。这时候蒋虁骑着三轮车过来了，进了铺子就要喝水，路十四给他递了杯散装汽水，蒋虁喝完舔着杯口说："路易十四，你这算什么，趁渴卖汽水？"

"狗小孩，这杯老子请你！"

"别！我是去九胡同拉电缆，路过你这儿，给你报个信！"

"什么信？"

蒋虁就说："我刚打二胡同路过，碰见姚红从苏海棠家出来，你猜怎么着？苏海棠可考上大学了啊，那姚红不过就报个信，倒是喜滋滋的，吃了喜鹊屎一样。"

路十四把酱油瓦缸的盖子撞掉了，说："真的假的？这么快就知道结果了？"

蒋虁说："苏海棠正往这来呢，她来了你自己问吧，我走了哇。"

蒋虁往路十四的柜台上扔了一个五分钱的硬币，就转身走了。那枚硬币咕咕噜噜自转着孑孓游走，路十四用手去拍，拍了一下没中，它就滚到柜台边上，啪嗒一声，掉进了酱油瓦缸里。

路十四大叫一声，掩起了酱油瓦缸的盖子。

苏海棠过来时，路十四也要给她倒汽水，先把蒋奘舔过的公用杯子收起来，又从身后取了个洗好的玫瑰花纹瓷杯子，倒满了，说："给你。"

苏海棠咕咚咚喝了半杯，说："我刚才看见蒋奘从你这跑出去，他是不是都跟你说啦？"

路十四说："他就来喝了杯汽水。"

苏海棠就说："我考上了暨南大学，眼下九月开学，八月底我就得走。"

"八月底也没多久了吧？"路十四又说，"不过济南的学校，也不远，邻省，坐火车几个钟头就到了。"

"狗屁哇，是暨南大学，不是济南大学，在广东广州，不在山东济南。"

路十四瞪大了一只眼："啥？那可就远了啊。你大学要念几年？"

"你怎么狗屁都不懂，"苏海棠说，"当然是四年啦，我来就为了跟你说一声，就这点事，我走了哇。"

路十四招手说："你那学费，要很多吗？"

"多不多不用问，我爸说钱他会想办法，不用外人操心，你管好你这个铺子就好啦。"苏海棠有些踟蹰，又说，"对了，棉纺厂那边我以后就不去了，我爸不让我去，你不是也不想让我去吗？”

路十四没有说话。苏海棠喝光了杯子里的汽水，舔了舔杯口，取出五分钱放到了柜台上，出了门，又回头说：“你那天说好的五年，两万块钱不多不少，可不能变卦啊。”

“不变卦。那也没有两万，消了几家旧账，是一万九千五百多。”

苏海棠走了一个钟头，阴眼张提着酱油瓶子进来了，路十四拿蒋葵用过的杯子给他接了杯汽水，接过瓶子开始打酱油，阴眼张一口气把汽水喝了个一干二净，打了两个嗝，舔着杯口说：“十四啊，这几天生意怎么样？”

路十四说：“都挺好。”

阴眼张忽然伸长了脖子，噘起嘴说：“你现在一个人，事都要自己操心，听姚主任说，那苏海棠考上了南方的大学啦，我看这两天你们俩相处得也好，不过也得留个心，事儿能早点办就早点办了。”

路十四把盛满酱油的瓶子还给阴眼张，说：“张叔说得是。一共两毛五。”

阴眼张一摸口袋，说：“哎呀，忘了带钱啦，你先记我账上吧。”

路十四说：“不用不用，我家的事您也多劳了心，两毛五记什么账。”

红 包

苏海棠的录取通知刚下来，第二天晚上，苏杨就准备了一桌酒菜。到了七点，院里停了四五辆自行车，屋里已经坐下五个苏家的近门亲戚，一个大伯、一个三叔还有三个姑姑。人都坐定了，苏杨起身说："这次咱苏家海棠争了气，都是亏了亲友的支持，尤其是在座的叔伯跟姑姑，来，让海棠给长辈们都倒一杯。"

苏海棠就拧开一瓶酒，按人头逐个倒去，每斟一杯，举杯的都要掏出一个红包，谈笑间递过去。苏海棠接了红包，苏杨就要陪喝一杯，第一杯酒入了舌根，苏杨的脸一寸寸就粉了，红了，充盈着活血，那抹红马不停蹄，从脸上直接往下刷进了领口里。

倒完了一圈酒，苏海棠收集了厚厚薄薄五个红包，捏着回自己屋去了。

苏杨的身体代谢好，晚上喝得走路连歪带飘，中间上两趟厕所，早上睁眼就清醒了。第三天收拾了剩菜，到了晚上，苏杨又准备了一桌酒菜，到了七点，院里的狗进了窝，屋里坐下八个人，苏海棠的母亲姓赵，座位上的八个人也都姓赵。苏杨起身鞠了两躬，说："这次咱们赵家海棠争了气，考上了暨南大学，都是亏了亲友的支持，尤其是在座的亲家兄妹，因为梅子去得早，虽说这些年两家人往来得不多，却都是一个比一个得亲，来。让海棠给大家都倒一杯。”

海棠就给每个人倒酒，接了杯子的都给了红包，到最小的杏姨递了红包，抓了海棠的手就往脸上蹭，说：“要我说，海棠还是像我们娘家这边的人，谁都知道，我们太爷爷德字辈的是咱们县的头号地主，有学问，德高望重，就是抽鸦片败家；爷爷耀字辈的有两个都是举人，民国的时候都是教书先生，那个时候，半个元县的地都是我们老赵家的。虎祖无犬后，你看，不过三代，我们家海棠就又考上了大学。”

苏海棠听了嗤的一声，抽了手，回到苏杨耳根下低声说：“咦——都嫁出去的人了，还‘老赵’‘老赵家’个啥！”

苏杨听后皱了眉，压低了声：“别胡屌乱说！”说着推了推苏海棠的胳膊，让她回屋去了。

第四天晚上，苏杨又准备了一桌酒菜，到了七点，晚霞散了，刮起来凉爽的西风，姚红、阴眼张、路宗曦还有民政局的元科员聚到了苏杨家里。这次登门，姚红用红手绢包了两张一百块的钞票，喝酒取出；元科员把一张一百块用红纸包了，夹在一根崭新的银色英雄钢笔上，带笔相送；阴眼张直接提来了一筐鸡蛋，把两张五十块钱压在了最底下，进门递出；路宗曦则找了一张大红色的厚油纸，折成一个红包，内面上写了路十四的名字，一张张把钱数好塞了进去。因为是油纸，等晚上苏杨拆红包，路十四的名字已经散墨成了一团，苏杨就说：“这红包里画的，怎么除了一个路字，尽是些方格十字什么的。”

第四天喝的是啤酒，到了第五天中午，苏杨走路还是连歪带飘的，说要再准备一桌酒席，也是力不从心，苏海棠要带他去诊所，苏杨说是自己膀胱里积了酒精，撒一泡尿就行了，说完嘴里一阵发咸，呜啦一声，扶墙呕了摊血在地上，吓得苏海棠捂嘴哭了起来。苏杨吐完血漱了漱口，倒是觉得清醒多了，走路也稳了，苏海棠脸上挂着开了叉的泪痕，扯着苏杨去了老城大街的县医院。

到了医院，罗医生说这是慢性胃热病引起的咽喉肿胀，急性化脓起泡，一夜长大了，皮崩破了才出来血，吐地上一片虽然吓人，却也没有大碍，其实是好了的迹象。说罢给他开了三天的药，又在病房给苏杨挂了两瓶点滴，最后叮嘱说：“这几天千万不能碰烟酒，辣的腻的不能吃，凉的生的不能喝。吃罢那些药，也就好得差不多啦。”

苏杨吐血之后，苏海棠不准他再摆桌喝酒。苏杨说自己已经请了半个月假，又说自己跟菜市场的苏婆早都说好了，因为要订七桌菜，这才讲好的低价，总不能食言吧？鸡鸣鸭叫解释半天，苏海棠就回了一个“屁”字。苏杨最终顺从了苏海棠的意愿，老老实实休养了两天，第三天早上梳了半天头，撇着嘴去市里上班了。

苏海棠在家收拾了前几天吃饭留下的狼藉，到了中午，按苏杨的吩咐，找出来一个厚厚的老式记账本，是个六十四开的红胶皮簿子，取出红包，把每个人给的钱数和物品逐一在本上记下，看到最后路宗曦送来的红包纸，从一团黑糊线里分辨出了路十四的名字，盯了半天，认出来时忽然笑了。

到了晚上，苏海棠就着菠菜炒了四个阴眼张送来的土鸡蛋，洗了半碗酱黄瓜，又熬了两碗小米绿豆粥。等到九点，月光大亮，苏杨才醉马刀枪地来到大门口，被郭二碾子和一个陌生男人架扶着。喝了酒的苏杨比平日瘦矮了三分之一，也佝偻了，一边呓语一边挥舞着双手，像只疯疯癫癫的醉虾，苏海棠开了大门，苏杨推开扶他的人，歪歪扭扭地撞进院去，脚上的鞋子没了一只，没两步就摔到地上，胸脸着地，啪的一声响，把院里的狗吓得匍匐着钻进了狗窝。两个人又跑过去架起了苏杨，郭二碾子说："东边的那间是他睡觉的屋。"两个人就把苏杨架到了卧室，拍净了他身上的土，往床上一扔。苏杨趴到床上，主动蹬掉了另一只鞋，揪住夏凉被的一角，嘟噜打了个滚，就把自己卷了起来。

安置好了苏杨，两个人退到院里，郭二碾子说："我是在车站碰见了你爸。那会儿我正送我家孩子坐车，看见一辆小巴车停了，骂骂咧咧下来一群人，最后一个人从车上歪下来，招了一圈人围着看，我一看，这不是炖菜店的苏杨吗？看看醉成啥了，鸭坐在地上，手里捧着一只鞋，脸都喝塌了，嘴里叫着：'我家在繁星街二胡同口，走不回去啦，谁搀我一把？’我不管谁管呢？我就找了这个好心的同志，一起架他回来啦。这是他的鞋，我说他怎么不穿脚上，非要拿手捧着，喏，你看。”说着把鞋从裤袋里掏出来，递给了苏海棠。

苏海棠接过那只鞋，看见鞋里放着一沓红包，不由得鼻子一酸，攥紧了，说：“多亏了郭二伯跟这位叔叔，别光在院里站着，到屋里坐吧。”

郭二碾子晃着手说太晚啦不坐了，说着搭了另一个人的肩膀，出门去了。

苏海棠回到屋里，夏凉被卷着的苏杨睡得正沉，一脸的血红，嘴唇泛白，打着轻微的鼾，连吸了两下鼻气，忽然开始吧唧嘴了。苏海棠看着手里的鞋子，里面放着几个红包，红包上写着的人名都不认识，她叹了口气，把红包一个个取出来搁在桌子上，又把空鞋放到地上跟原来那只放齐，对着床脚摆正了。忽然她就哭了起来，哭着跑出苏杨的卧室，又跑出大门，她没有停下脚步，在一片皎洁的月光下，往繁星街上一直跑去了。

求 助

供销铺子开张前，应路宗曦的邀，姚红来路十四家吃开张酒席，席间叮嘱路十四，让他每两个月算一次收支，估一下盈亏。从开张到如今差不多已经快两个月了，路十四正在闲暇间算账，到了八点半，算了个大概，准数零头没出来，不过可以确定是赔了。说赔了也不太准确，因为很大一部分缺口是硬账，像路宗曦、大姨二舅一类的亲戚，像阴眼张、黄科员一类的干部，还有些刁钻的邻友同乡，诸如此类，他们的账不能讨要，只能寄希望于欠账者主动销账。姚红的账只能怨路十四，头三次姚红来店里买东西，其实是为了捧场，买了三次两块钱的方便面，每次都要掏五十付账，路十四就说，凑个整数一起付吧。姚红在政府大院上班，家住在老城大街，为了凑整数，有时候不赶下班顺路，还要绕过一条街来买东西，真凑够五十整了，她倒再也不提付账的事，只是习惯性地说一句你先记着吧。姚红家的账她自己不记，可她家里主内的老公柴鸿都要偷偷记着，这个偷偷也算货真价实，假使让姚红知道了，就要跟他生气，说他像个娘们，怎么不长两个乳房出来，所以柴鸿只能根据姚红赊回家的东西记账，于是就有很多东西漏记了，记错了数目或价格。两天前柴鸿路过繁星街，拐到店里，根据自己的账，结了二十块钱给路十四。柴鸿走了，姚红就以为自己家的账清了，路十四也不好再提，只能自己站在店里扇自己的脸颊，迅猛的一个硬巴掌下来，刚要挨到皮肉，忽然就慢了软了，最后轻轻地抚擦而过。

过了九点半的繁星街冷清下来，路十四正要关了供销铺的门回家，远远地就看见苏海棠奔跑的身影，白衣蓝裤，在月光下，像镀了一层银的暖瓶内胆，苏海棠跑过来，说：“你这是要关店门了吗？”

路十四说：“你有事吧？”

苏海棠点了头，路十四就又摘下锁，打开门，进店铺里开了灯，叫苏海棠进来。苏海棠走进来，低头站着，路十四给她找来一个凳子，让她跟自己一起坐在了柜台后面，又从柜台下面摸出来那个玫瑰花纹杯子，给她倒了杯汽水。

苏海棠说：“你干吗呀，我不喝。”

路十四说：“你怎么啦，是哭了吗？”

苏海棠抹了把泪痕说：“这个不要你来管！”停了停又说，“我来就是想求你帮我一个忙，你要是不想帮，我也不勉强你。”

路十四说：“你说，我帮。”

“我知道开这个铺子花了你不少钱，不过，这时候你要是还有宽裕的钱，能再借我一千吗？”苏海棠开始抽泣了，又说，“我也不让你白借，我知道你人好，过去的话算我没说，以后的事，还钱也罢，结婚也罢，都听你的就是。”

路十四说：“出什么事啦？怎么忽然这么说？”

苏海棠哭了起来，不耐烦地喊：“你怎么这么胡搅蛮缠，到底有钱没有呀！有就借给我呀！你放心吧，到时候拿着那张卖身契来找我，我绝对不说二话！”

路十四停顿了一下，说："你等我一会儿。"说完出了门，咚咚咚跑远了，过了十分钟，又气喘吁吁地跑回来，双眼通红，把一沓钱扔在柜台上，说："我一共剩四千不用动的钱，这是两千，还有两千给了我二叔，你把这两千拿走。"

苏海棠没有拿钱，只是伸手摸了摸，说："都要借给我？"

"对，都给你。你不说我也知道你是有事，话要说清楚，我不是非要跟你结婚，你也别总是说得跟我在强求你一样。"路十四又从裤袋里取出一张纸，说，"这是阴眼张给咱们写的定亲书契，这事一开始就不是我的主意，既然你不愿意，那这就是个狗屁，以后别拿它说事！"

说着横竖撕了几下，扔进了垃圾篓子里。

苏海棠不知所措地站了起来。

路十四眼中的火苗熄灭了，他坐回椅子上，说："我知道你瞧不起我，我也知道自己配不上你。你拿着钱走吧。"

苏海棠反而坐下了，说："我想在你这里坐一会儿。"

路十四和苏海棠离了半米，各自趴在柜台上，迷迷糊糊睡到了五点多。月亮下去了，天是一片乌青色。门外响起了车铃声，一只花猫犹豫着走进门来，喵叫了一声，苏海棠醒了，听见滴答滴答的落水声，迷迷糊糊说："这里怎么这么腥，这下面的瓦缸里装的是酱油吗？"

等她清醒过来，见地上滴了巴掌大的一摊血，苏海棠推搡着路十四的肩膀，说：“路十四，你干吗流鼻血？路十四？”

路十四趴在柜台上头也没抬，忽然说了一声：“爹，你别走！”

接下来再怎么推搡，捏着他的耳朵喊名字，掐他的胳膊，拍他的肩膀，路十四都没有反应，苏海棠就害怕了，慌慌张张出了供销铺的门，看见夏末的雾气里闯出一辆三轮车的影子，等那影子走近了，才看清是去电管站上早班的蒋燊。

“蒋燊！”苏海棠哇一声就哭了起来，说，“快来看看吧，路十四流鼻血流死了！”

疾病

三个多月前，蒋燊用一辆三轮车拉路宗政去诊所，结果路宗政食物中毒不治身亡。三个月后，蒋燊又用一辆翻新的三轮车拉路十四去诊所，一路上蒋燊感觉悬得慌，吹着凉风却流了一身热汗，到了诊所又犹豫了，也不管苏海棠的疑问，愣是舍近求远，继续蹬起车来，拐过繁星四胡同，把路十四拉到了老城大街的县医院门口。

蒋燊刹了车，苏海棠不等他过来帮忙，起了一股邪力，直接背起路十四闯进了医院里。

十九年前，路十四的母亲背他来县医院急救，给他输血的是罗医生，现在罗医生看到苏海棠背着路十四过来，再看到他一脸开花的血叉子，顿时产生一种时光倒流了的错觉。罗医生把路十四拖到输液床上，见他两边鼻孔正汩汩冒着血，就用枕头垫高了脖颈，让他鼻孔朝上，随手又取了块纱布，抹一把脸擦干净了，俩鼻孔里又随着脉搏冒出了新鲜的血来，一股一股的，像两眼喷泉。手里的白纱布转眼被染成了一面红旗，那鼻血却还流得欢畅，罗医生就下手直接捏住鼻孔，另一只手取了碎纱布卷成塞子，往两鼻孔里一拧，以为这就塞住了，却又听到路十四的嘴巴正咕咚咚往胃里咽血。

苏海棠在一边哭着说："止不住，一路上都止不住！"

罗医生安慰苏海棠说："别怕，这病我二十年前就治过……"言语间碰到了路十四的额头，噌一下收了手，发现它烫得像块刚出炉的锅盔，接着再流出来的血就开始变得黏稠，颜色也开始变暗，这才发现情况比往日严重多了。罗医生没了办法，就打电话叫来了退休了的马医生，马医生穿着条纹睡衣赶到县医院，先摸了摸路十四的额头，又在胸口、脖颈上检查半天，最后收了按在路十四下巴上的手，说："这病治不了，先用凡士林油纱布深塞止血，完了送去市里！"

这期间，蒋葵已经跑去找来了路宗曦，路宗曦被叫得急，踩着两只都是左脚的鞋出了门。路上蒋葵说不清个来龙去脉，倒是喷了路宗曦一脸嘴水，提到流鼻血，路宗曦就想，流鼻血了捡一块硬土坷垃堵住，五分钟不就好了吗，至于这样？两人喘着大气跑到医院，正赶上罗医生和马医生一起把路十四往一辆面包车上抬，路十四的一条胳膊从简易担架上耷拉下来，像是死了。路宗曦哀号一声，上去抱住路十四就哭喊起来："这是咋了？"

马医生皱了眉头说："人又没死，你哭个尿！快搭把手！"路宗曦松开路十四，搭手托起他的屁股，三个人一起把路十四抬进车里，抽了担架就往市区出发了。

到了市医院，路十四因深度昏迷住在了重症监护室，他后鼻腔血管破裂，导致大量出血，血色素开始减少，心率增快，血压也在下降。到了下午，两个科室的三个医生各抱着块写字板对路十四做了会诊，商讨了治疗方案，准备先为路十四退烧，之后再做止血手术。路宗曦的心悬了起来，颓废地坐在走廊里，他万万想不到，一个人流两道子鼻血竟然也能变成重病。黄昏擦了黑，路宗曦叫来自己的老婆在医院看护路十四，他自己顶着月亮回到了元县。

路宗曦家卧室的枕头芯里塞了不到一千块，已经被他老婆带了过来应急，另外还有一张存折，是秋天刚存上的，里面是两千块钱三年的死期。路宗曦把存折掏了出来，次日上午去老城大街取了钱，而后又跑到繁星街，把供销铺收银箱里的钱悉数数一遍，一共是四百七十五块三毛七分钱，他把面值二十以上的整钱收起来，晚上骑车去了路十四的三个姨舅家，各家喝了两杯水，把情况说了，就又凑到了一千六百块。这些钱加起来一共四千多，到了下一个天明，路宗曦就揣着钱搭早车去了市医院。

交住院费的时候路宗曦的老婆告诉他，医生大致说过了，路十四是先天性的后鼻腔血管缺陷，属于疑难杂症，这次复发开了大豁口，假如不根治，即便止了血，往后也随时可能复发。昨晚因为发着烧，第一次止血手术并不理想，接下来半个月还要再做两次，整个治疗过程下来，住院、输血再加上手术费用估摸要三万元左右。说完朝路十四瞥了一眼，而后开始摇头，等着路宗曦来拿主意。路宗曦听到“三万”两个字，心里咯噔一声，走廊里最近的声控灯灭了，他影子就变得好长。

那天路宗曦没在医院停留，刚放下钱，他就啃着一块馒头坐车回到了县城。到了繁星街，路宗曦直接去翻供销铺子的账本。路十四的铺子开了两个月，虽然时间短，因为路十四心眼实诚，更不会磨嘴，就拉了很多账。路宗曦清点一遍，发现账本里欠着两千七百多块钱，不禁就要摇头。第二天上午，铺子锁了门，路宗曦背了个酱醋批发站送给铺子的军旅挎包，装着账本、印章和圆珠笔，从第一页开始，挨家挨户逐一要起账来。路上的街坊看见了就要打招呼，说他这样风风火火的是要去干吗？路宗曦刹了车，把账本上的名字捋了一遍，像判官在查生死簿子，最后没找到这人的名字，就继续蹬车走了。

阴眼张的账记在账本的头几页，一共一百二十五块七，路宗曦去找阴眼张要账时，把路十四的情况说了，阴眼张听了满脸惊诧，心里嘀咕着——院墙高，门位正，路家风水挺好的啊，怎么就要死绝了户？心里这么想，嘴里则说："啥？我才两天没去买东西，那孩子就病成这了？"

路宗曦就在一边苦笑，说："实在没法子，账销得差不多了，还要去一趟大院里，麻烦姚红主任帮个忙，瞅瞅能不能把铺子给盘出去。我那侄子傻，也不像个掌柜台的，俩月拉了三千账，这么下去没出事也开不到年底，我现在只求他这病能瞧好。"

阴眼张愣了一会儿，扭头进屋取了两百块钱出来，递给路宗曦，说："这是两百块，多的先别找。路十四那孩子心眼儿好，那这病就铁定能瞧好，不但能瞧好，还要好得早。"停了一会儿，又说，"要说三万不是小数目，那也不用抵了铺子吧……这供销铺子搭起来三万都打不住，盘出去可连两万都盘不回来，要是市里的医院不催钱，我看你还是先想想别的办法好。"

阴眼张对这件事表现得分外热情，提了建议还要保证能够实施。为了防止路十四住院时店铺无人照顾，阴眼张就去办公室找到姚红，让她帮忙物色一个人看店。姚红为这事打了两天电话，最后被对门的黄科员听见了，就从红瓦镇叫来一个十五六岁的毛头小子。唇上挂着绒毛，脸上的青春痘冒着白芽，是黄科员的外甥，叫王铁锤，在红瓦镇供销超市当理货员。黄科员拍着胸脯说他人老实，有经验，姚红就叫他过来暂时帮路十四照看铺子。

路宗曦兜圈要了三天账，清了一千七百多，加上前面的钱，还有将近两万的空缺没着落。那天王铁锤正在翻看路宗曦的账本，看一页问两句话，路宗曦完全听不见，抽了半茶缸烟头，正呆坐着，想起阴眼张的话来，忽然跑出了供销铺子，顺着繁星街往苏杨家跑去了。

等待

路十四昏迷四天，第五天凌晨睁开了眼，他那往日黑黝黝的面孔已经变得灰白，胳膊小腿都细瘦了，显出来一道道青色的血管。醒来的路十四张了几次嘴却说不出话，以为自己成了哑巴，露出了满脸的绝望。前天下午蒋葵就从县城赶了过来，带来了两排香蕉和一兜饼干，一直守着他。路十四看见狗小孩，终于熬了几个字出来：

“苏海棠呢？”

蒋葵不知道苏海棠现在在哪里，那天路十四被罗医生抬进面包车拉走后，苏海棠就哇哇哭着往东走，看样子是回家去了，再往后就没见过她。蒋葵见路十四睁眼了，嘴也能说话，就舒了长长的一口气，说：“路易十四，我们现在在市医院，苏海棠在县里呢。”路十四软绵绵地要抬胳膊，让蒋嫢按了下去，说：“前天医生说你三天里能退烧，眼下就该好了，你好好歇着，有事只管招呼我。”

路十四挪了挪脑袋，看到了二婶子，也看到了蒋嫢，又看了看别处，最后张了张嘴，还是说了那句：“苏海棠呢？”

蒋嫢发现路十四没有恢复听力，只是嘴里在胡言乱语，就不再说话了。

下午过了四点，外面下起大雨，噼里啪啦的水珠子倾洒在病房窗口的阳台上，屋里一阵阵潮湿清爽的泥香味。路十四又醒了一次，这次精神好多了，他看了看蒋嫢和二婶子，又看了看别处，最后问了声苏海棠在哪里，发现没人搭理，就不再说话了。二婶子呆了半天，忽然开始抹眼泪，说：“这孩子魔怔了，嘴里就只会嚼一句话。”

蒋嫢受不了了，提了把伞走出病房。

外面正是大雨如注，地上的积水漫过了脚踝骨，下水道咕嘟嘟冒着泡，蒋嫢沿着大路蹚水跑了两个路口，找到一处电话亭，那电话亭小得只能给电话遮风挡雨，蒋嫢就打着伞站在雨里。山风大了，砰砰两声响，铁骨连着伞帽反掀过去，蘑菇形状的雨伞就变成了个马桶搋子的模样，蒋嫢正打算借着顶风把伞吹回原状，没来得及转向，山风就像只揪玉米须的大手，把伞布刺啦拽了下来，梧桐叶一样卷走了，喂进乌云嘴里。蒋獒浇在雨里，一身黑色的衣服已经湿透，像条刚游完泳爬上岸的黑狗，往电话里投了两个湿漉漉的硬币，一串号码打到了电管站的调度室里。

电话响了三通，有人接了，蒋獒就喊：“快！去繁星街叫苏海棠来听电话！”

接电话的是马站长，劈头就骂：“蒋獒，你这三天死哪去了？”

蒋獒说：“啥也别问，回头给你说，现在快去叫苏海棠来听电话！”

马站长继续骂：“苏海棠是谁？下这么大雨，我叫个屁！你明儿个再不回来，就从电管站给我滚蛋！”

说着挂了电话，蒋獒再打过去，那边就只是忙音了。

雨在黄昏停了下来，路十四把一个囫囵觉睡成了断断续续的几截，中间梦到自己跟苏海棠在家里吃饭，用着柳枝筷子，粗瓷盘子，坐着草编小墩，苏海棠要喂路十四吃菜，他张大了嘴，还没尝出味道，眼前的苏海棠就变成了自己的母亲。当天晚上做完这个梦，路十四就彻底退了烧，半夜醒过来看到一片漆黑，床头响着蒋獒轻微的鼾声，路十四动了动脚趾，碰到一团软绵绵的东西，那是蒋獒的头发。

下次醒来是在半夜过了两点，这时候医院就显得格外荒凉，人类的窃窃私语混杂着猫呻犬吠若隐若现，游魂一般，消失许久后忽然某些片段又变得清澈响亮却又恍如隔世；风声迷失了方向，从四面八方浇灌而来；夜晚如暗流激荡的水底世界，演奏着一曲宏大凋敝的交响乐章。路十四仿佛鱼儿睡在晃动的水草里，他梦到童年时代的自己在家准备吃饭，桌上是两碗小米粥和一碟野蘑菇，路宗政在厨房叫骂着摔东西，路十四忽然跑去了繁星街二胡同对面的露天公共厕所，从墙面上刮下来一层白色的粉末，托在手掌心，走回家放进了路宗政的碗里，又用筷子搅匀了。接下来，从隔间厨房走出来的人影一笔一画地变成了苏海棠，路十四就夺过那碗粥，自己喝了下去，忽然觉得胃里一阵滚烫。这次醒来，病房的窗户开了条缝，雨后的夜晚刮着不小的风，窗扇正嗡嗡响，蒋獒过去关紧了窗户，又拉上了窗帘，路十四就接着睡了。

第二天早上，有人哗啦一声拉开了窗帘，刺眼的光线照射进来，路十四遮了双眼，一丝丝睁开了，透过指缝，看到苏海棠正坐在床边的椅子上，周身是一片耀眼的阳光。路十四睁大了双眼，确认了是苏海棠，他竟呜呜地哭了起来。

收据

那天路宗曦拜访了苏杨，把路十四的情况说了，苏杨送走了路宗曦，随后就约来了郭二碾子。

那天下午郭二碾子骑着自行车，后座上挂两个竹筐，按着银铃拐进了二胡同里。等在门口的苏杨见了这场景就要摇头，说："这筐子能装下点什么？你骑回家，再换个大点的载具吧。"郭二碾子就骑着车掉头走了。过了半个钟头，他又骑了个绿色的三轮车过来，苏杨见了就说："这也算大点的载具？"郭二碾子说："这车小，不过用来收盘子收碗，一摞摞的用绳子捆好了，能一趟拉光一条街厨房里的东西。你家里的那些盆啊碗啊都不占地儿……"苏杨打断他说："二碾子你别闲话啦。真心要做这笔生意，你就换个板车来，再套上头壮驴，别问太多。"郭二碾子不服气，噘着嘴骑三轮车走了，回到家转几条胡同，借到了驴子和板车，这么折腾几趟，重新回到繁星街二胡同的时候，已经是晚上了。

郭二碾子跟苏杨摸黑搬了两个钟头东西，那驴子呆站在苏杨家院里，摇尾叫了两通。忙到夜里九点半，地上拉拉撒撒掉了一堆驴粪，驴尿也在地上刺噜噜冲出来好几个湿土窟窿，等那板车装得满腾腾的，压扁了轮胎，赶起路来七零八落地乱掉零碎东西，郭二碾子就用黑布裹了车身，在外围捆了五匝缆绳，牵缰往回赶去了。那驴子拉着这许多东西，一边抗议着哀号，一边低着头在街上行走，使得半条街的人都梦到了杀驴的场景。

郭二碾子走了，苏杨点了一遍钱。苏海棠听了不相信数目，又舔着手指头点了一遍，说：“这个二石卵真不是东西，咱那么一大车东西，到他手就卖了这点钱？”

苏杨纠正说：“那个是郭二碾子，郭石卵是他爹，都死多少年了。”

两个人一起笑了一会儿。

“啥碾子石卵，都一样——爸，”苏海棠的语气忽然变得沉重起来，她深吸了一口气，说，“你把我那学费的钱，给路家送过去吧。”

苏杨勾了下巴，一拍桌子：“胡说八道！”

苏海棠把钱叠好放在桌子上，起身往自己屋里走去了，关门时幽幽说了一句：“要是路十四好不了，那我这书也不念了。”

第二天下起了雨，苏海棠做了早饭，苏杨梳好了头，坐下来就开始吃饭。苏海棠炒了盘辣椒，又洗了半碗酸菜，最后把昨晚吃剩下的米饭炒了炒，炒出了小半锅金沙来。早饭没吃几口，苏杨就只能听到一双筷子扒饭的声音了，他乜过瓷碗的边缘，看见苏海棠正坐在一边，一手端着碗，一手拿着筷子，筷子双尖朝天，她那两个眼珠正瞪着自己。

“你瞪我干啥？快吃你的饭，这两天还没个鹌鹑吃的食多……”

苏海棠说：“吃不下去。”

苏杨扒饭的手没停，叮叮当当的。

苏海棠放下了碗筷，抽两下鼻气，撇了嘴要哭。

“你看你这个妮儿……”

苏杨抱怨一声，也放下了碗筷，瞅着苏海棠的两个眼圈一点点红了，就从凳子上站了起来，从门后拿了把伞，撑开出门去了。

苏海棠喊了一声：“你去哪？”

“我去找路宗曦！”

到了中午，苏杨和路宗曦一同去县政府大院找到了姚红，那天元县的雨下得比市里还放肆，落在地上的水珠能返溅半人高，姚红穿着雨披，踩着胶皮靴，又打了把伞，挨个通知了政府大院的朋友和关系近的街坊，把情况说了，就定了个约。当天晚上七点，苏杨家从大门到客厅再到厕所，点亮了所有的电灯，里面红色的屋门上挂了两排雨伞，花花绿绿排成一道，都滴答着雨水，约定好的人都到了，坐满了整个客厅。苏海棠在屋里挨个倒水，路宗曦跟在后面，为他们划火柴点烟。

这次来苏杨家，可真是变了样子，院里的鸡鸭没了，空剩一排篱笆笼舍，篱笆关节上挂着几根湿羽毛，白狗躲在窝里，显得孤零零的；堂屋里的沙发、电视跟缝纫机都没了去向；套间里本来一大排的金黄色柜子而今就剩下一个；空荡荡的几间房子里摆着几件必要的床桌板凳，本来放家具的地方，都只是残留着一些成双成对的木脚印……

众人看到这场景就要觉得凄惨。

作为发起人，姚红端着茶缸进行了一番抑扬顿挫的演讲，把政府大院里两个女人的眼圈都说红了，苏杨就接了话茬子，说：“这次众人拾柴也不白拾，账都记在我苏杨头上，往后还得可能慢点，但是只要我这俩鼻窟窿还出着热气，那这账就一分也不敢赖。”

众人你一舌头我一嘴地说：“救命钱不用提还，谁还没个难处？”

苏杨不下这个台阶，弯了腰流出两行热泪，朝四面八方拱手作揖。路宗曦在底下递烟递水，也是红着脸不停道谢。这时候姚红接回了话茬，号召在座的各位自主表态，说：“愿意给孩子出钱的抬抬贵手，家里紧的也别硬填，钱不在多，一分金钱万分好意，苏家路家都用心领着，我姚红也记得大家的好。”

话说完了，客厅的人陆陆续续都举了手，无一不同意帮路十四凑钱。事情达成共识，苏杨适时使了一个眼色，苏海棠就走到了客厅中间，等人群安静下来，她闭上双眼抿了抿嘴，阴眼张以为苏海棠要磕头，就准备上去扶她，按着椅子站了一半了，才发现她只是鞠了三躬，阴眼张就干咳了几声坐了回去。

两天下来，苏杨共凑了一万多块，再加上以前为学费凑的五千，还有卖家具的两千多，都用报纸包了，让苏海棠到铺子里给路宗曦送了过去。路宗曦收了苏海棠送来的钱，看她咬着嘴唇，眉心皱成一团，想来觉得她是舍不得把这钱送给路家，借了街坊万把钱，又填了学费，往后的日子想想就不好过。路宗曦哀叹一声，忽然听见苏海棠说：“路十四他……怎么样了？”

路宗曦说：“不算太好，我这去了才能知道。”

苏海棠扑簌簌流下好多泪水，说：“这趟带我一块去行吗……”

九月中旬，苏海棠开学之际，路十四回到了元县，回到了繁星街六胡同自己的家里。

苏海棠去路十四家看望他的时候，姚红正要出门告辞，路宗曦跟出去送她了，苏海棠就单独进了屋里。卧室里的路十四躺在床上，身上盖着毯子，气色好多了，等她坐好，路十四从毯子下面拿出来两张纸，说：“我本来要把铺子盘出去给你交学费的，可是我二叔死活不答应，他说姚主任……”

苏海棠打断他说：“没事，现在我都想开了，这学就不该我去念。”

路十四把一张纸递了过去，说：“这两天姚主任去县民政局给你开了个证明，她说把这个拿给你们学校，你的学费就可以缓些再交——她自己不肯，非叫我转交给你。”停了停又说，“你放心吧，以后等我病好了……”

苏海棠并没有太多欢喜，她接过证明文件，折叠好了握在手心里，继续望着路十四。路十四改了话茬，牵了嘴角说："我二叔要我谢谢你家帮忙凑的钱。可那张定亲书契叫我撕掉了，你当时也都看见了……"说着递过去另一张纸，"这是我二叔写的收据，一万七千八百元整，你拿好。"

苏海棠没有接那张收据，说："别谢我，我家欠你家的不光是钱，还有半条命呢。"

路十四有些哽咽了，沮丧地说："我爹的事，也说不好怨谁，要怨就怨他自己吧。这次你家帮忙凑了钱，是确实救了我的命——我想问问你……以后咱俩是不是就两清了？等你开了学，是不是就不管我了？"

路十四说完这个，苏海棠就接了收据，不等他阻止，已经横竖几下撕碎了。

苏海棠说："路十四你听着，那张定亲书契不还给我，咱俩定亲的事就还算数。"她的眼睛忽然变得明亮而坚定，"一直算数。"

图书代号：WX19N2009

图书在版编目（CIP）数据

北方狩猎 / 魏市宁著 . – 西安：陕西师范大学出版总社有限公司，2020.1
ISBN 978-7-5695-0342-5

Ⅰ . ①北… Ⅱ . ①魏… Ⅲ . ①中篇小说 – 小说集 – 中国 – 当代 Ⅳ . ① I247.5

中国版本图书馆 CIP 数据核字 (2019) 第 259581 号

北方狩猎

BEIFANG SHOULIE

魏市宁 著

出 版 人 刘东风
责任编辑 刘 定 王雅琨
特邀编辑 谭 黎 汤 胜
装帧设计 韩 笑
内文制作 田晓波
出　　版 陕西师范大学出版总社
（西安市长安南路 199 号　邮编：710062）
发　　行 新经典文化有限公司
电话（010）68423599　邮箱 editor@readinglife.com
印　　刷 肥城新华印刷有限公司
开　　本 880mm × 1250mm　1/32
印　　张 9
字　　数 164 千
版　　次 2020 年 1 月第 1 版
印　　次 2020 年 1 月第 1 次印刷
书　　号 ISBN 978-7-5695-0342-5
定　　价 49.00 元